내가 날 사랑할 수 있을까?

나 자신을 찾기 위한 자기 사랑 가이드북

내가 날 사랑할 수 있을까?

나 자신을 찾기 위한 자기 사랑 가이드북

이나라

인간사랑

차례

추천사 — 이해루 11 / 김권수 14 / 고은아 15 / 김보준 19
이 책을 펼친 소중한 당신께 — 20

1장 나라는 사람을 제대로 사랑하기

어느 날 갑자기 고장 나버린다면   27

당신이 스스로 이해하고 사랑하기 어려운 진짜 이유   31

자기 자신을 사랑한다는 것   40

나 자신을 찾는 시간: 내가 누군지 정의하기   54

좋은 사람 포기 선언   70

저항은 기본이고 완벽한 롤모델은 없다   78

2장 생각과 감정으로부터 자유를 외치다

'부정적'이라는 새까만 괴물의 정체   85

필요도 없는 산타의 선물에 모두 속았다   90

어떤 감정이든 그럴 수 있다   97

불안해도 괜찮아   107

부정적이라서 부정적인 현실이 창조되는 건 아니거든요?   112

시끄러운 머릿속과 마음속 청소하기   117

무조건 허용이 주는 홀가분함   125

입력된 대로 살아가는 우리: 패턴을 알자   128

3장 행복하고 자유로운 관계의 비밀

나를 어디에 둘 것인가?   139

어떤 관계든 건강한 거리가 우선   142

갈증은 스스로 채우자   146

받을 줄 모르는 사람이라면   150

우린 평생 서로를 모른다   154

보고 싶은 것만 보고 믿고 싶은 것만 믿는다   157

진심을 다했다면 그걸로 충분하다   162

다 퍼줘도 돌아오는 게 없고 외롭다면   164

예수님 부처님도 안티가 있다   169

나도 누군가에게는 빌런   172

말을 잘 선택해서 꺼내자   176

4장 세상 속의 나일까 내 안의 세상일까?

내가 허락하면 세상은 날 사랑한다   191

애쓰지 않고 쉽게 행복해지는 법   197

물은 그냥 반이 있을 뿐   203

위기인지 기회인지는 아무도 모른다   206

중요한 건 수단이 아니라 목적이다 212

당신 입술 끝에 달린 비밀 220

복도 끝에 거울 224

애정이 부족해서가 아니라 너무 지나쳐서 229

자존감이 높아서 이기적이라는 말 233

파도는 멈추지 않는다 236

5장 우리는 살아가는 것일까 죽어가는 것일까?

원하는 것을 얻지 못하게 막는 무의식 243

아는 것과 하는 것은 다르다 246

이유 없이 칭찬하라 249

두려움 속에 사랑이 있다 251

초점을 맞추자 254

우리 모두는 시한부 인생 257

마치며 265

부록: 코칭 사례 269

감사의 말

이 책이 세상 밖에 나오기 위해 거쳐온 지난날, 어떤 모습으로든
저와 인연이 닿았던 모든 분께 감사의 말씀을 드립니다.
단 한 분이라도 빠졌으면 지금의 저는 없었을 겁니다.
덕분에 책을 통해 사랑을 전할 수 있게 되었습니다.
사랑합니다.

동트기 전 가장 어두운 새벽을 걷고 있는,

_____ 님께 바칩니다.

추천사

"사람은 누구나 세상을 보고 느끼는 것이 서로 다르고, 자기 자신을 깨우쳐 나가는 과정도 다양하다." 따라서 개인적인 생각, 태도, 감정, 욕구에 의해서 형성되는 자기만의 세계가 실재로 존재하는 것만은 틀림없다. 딥스라는 아이가 왜 그러한 행동을 하는지 지금으로서는 알 수 없지만 어려서부터 형성되어 온 어떤 성격으로 인해 자기만의 밀폐된 세계를 갖고 있다는 것은 확실해. 하지만 한 인간이 내적 성장을 할 때, 그 깊이는 아무도 알 수 없는 것이다."

- 『딥스』에서

돌이켜보면 내게 내면세계의 존재와 내적 성장의 가능성에 대해 일깨워 준 것은 어릴 적 우연히 접한 『딥스』라는 책이었다. 그렇게 시작된 나 자신의 내면에 대한 탐구는 더디고 고통스러웠다. 판단하기를 좋아하고 흑과 백이 명확해야 안정감을 느끼는 지극히 평범한 자질은 매 순간 나를 고통스럽게 했다. 나는 아주 더디게 자라났다. 마지막까지 나를 괴롭게 했던 사실은 내가 스스로를 사랑하지 못한다는 것이었다. 어느 시점에 이르러 나는 새로운 내가 되길 원했었다. 과거의 내가 겪고 있던 모든 것들을 심연 아래로 가라앉히고 이상적인 나를 연기하며 세상에 스며들었다고 믿었다. 그러나 나는 과거에도 그 후에도 나 자신을 사랑하지 못했다. 아무리 오만한 척하고 거짓으로 숨겨도 그 사실은 사라지지 않고 나를 괴롭혔다. 그래서 나는 끊임없이 나 자신의 선함과 가치를 증명해야 한다는 강박에 시달렸다.

나는 길고 긴 시간을 눈이 멀어 진창을 구르고 기어간 후에야 마침내 터널을 빠져나올 수 있었다. 그리고 나라를 만났다. 나는 살면서 내면의 성장에 대해 이토록 거리낌 없이 대화할 수 있는 상대를 만나본 적이 없었다. 그녀는 열정적이었고 희망적이었다. 그리고 무엇보다 무언가 새로운 것을 깨닫고 나면 남들에게 조금이라도 빨리 그것을 알려주고 싶어 몸이 달았다. 내가 말을 삼키고 혼자 걷던 길을 그녀는 재잘거리며 여럿이 걸었다. 누군가 그녀의 말을 이해하지 못할때면 그녀는 넘치는 에너지로 끈질기게 상대방을 이해시키려 갖은 애를 쓰곤 했다.

이 책에서도 그녀는 변함이 없다.

누군가 지금 빛 한 줄기 들지 않는 터널 속에서 어디로 가야 할지 모르고 있다면, 스스로를 사랑한다고 믿었던 자기기만을 인정할 수 없어 괴로움에 몸부림치고 있다면 이 책을 꼭 만나길 바란다.

이 책은 분명 홀로 걷는 내면으로의 탐험길에 손전등과 나침반, 지도가 되어 줄 것이다. 또한 이 책은 각자의 내면세계에 숨겨진 보물들을 찾고 아름다움을 만끽하기를, 어느 날 만나 서로의 세계에 초대하고 초대받는 날이 오기를 기다리는 그녀의 초대장이기도 하다. 나 역시 이 책을 읽는 분들에게 이토록 편안한 날들이 찾아오기를 간절히 바란다.

이해루(『나로서 아름다워지기』 공동 저자, 화장로 기사분)

추천사

사람들의 성장과 행복은 자신을 어떻게 이해하고 수용하느냐에 달려있다. 세상과 만나는 출발점이자 주체가 자기 자신이기 때문이다. 이 책은 자신을 온전히 이해하고 사랑하는 방법을 통해 자신의 삶과 새롭게 만나도록 이끌어 준다. 이 책을 읽으면 왜 자신이 스스로에게 갇혀 있었는지, 스스로 미워하고 억압하며 살고 있었는지 모순과 오해를 풀고 이해하게 된다. 그리고 어떻게 자신을 재발견하고 자신과의 관계를 새롭게 할 수 있는지 느끼면서 다시 의욕 넘치게 살 수 있을 것 같다. 이 책은 분명히 머리로 쓴 글이 아니다. 작가의 체험과 성찰, 현실적 연구를 통해 스스로 길을 잡고 정리했던 내용이 코칭 방식으로 전개되고 있다. 마치 자기 이해와 사랑의 워크북 같은 느낌이다. 작가의 해석과 질문에 함께 답하며 새로운 의욕을 느껴보길 권한다.

김권수(『내 삶의 주인으로 산다는 것』 저자)

추천사

학창 시절에 나는 참 소심하고 위축되어 있었다. 나는 왜 이렇게 잘하는 것이 없지? 나는 왜 이렇게 부족하지? 항상 움츠러들었다. 그 마음을 애써 숨기려고 자신감 있는 척도 해봤지만 녹슬어버리고 구멍이 나버린 싸구려 우산을 쓴 듯, 밖에서 누군가 무슨 말을 하면 바로 그 감정에 흠뻑' 젖어버렸다.

누군가 날 쳐다보기만 해도, '저 사람은 왜 날 쳐다보지?' 하며 씩씩거리고 피해의식에 사로잡혀 공격성을 드러냈다. 가족뿐만이 아니라 나 자신에게도 가장 힘든 시기였다.

그러다가 10년 전쯤 운동을 접하고, 조금씩 '나도 뭔가를 이뤄낼 수 있구나!'라는 마음이 생기기 시작했다. 나 자신을 믿게 되고 점점 단단해졌는데, 여기서도 약간의 부작용이 있었다.

몸의 치유가 어느 정도 진행되고, 마음의 치유도 이뤄냈지만 완전히는 아니었다. 워낙 어린 시절부터 자기 개발적으로 살아왔기에 성취가 '나'를 정의해준다고 믿으면서 스스로 닦달하는 습관이 있었는데 이 부분은 나이가 들수록 더 단단하게 굳어졌다.

생각의 패턴은 오로지 패턴의 변화로 풀 수 있었다. 내게 단단히 박혀있던 관념, '무언가를 이뤄내지 못하면 나는 부족한 존재'라는 생각으로 인해 부족한 스스로를 채우기 위해 애쓰기 시작했다.

밑 빠진 독에 물 붓기였다. 그 독기는 나를 강하게 하는 것 같았지만, 너무 단단한 가지는 쉽게 부러지듯 나는 태풍이 휩쓴 것처럼 쉽게 부러졌다.

그렇게 시간이 지나며 지금의 내가 됐다.

나는 더 이상 성과로 나를 판단하지 않는다. 성과로 판단하지 않으니 성공과 실패의 개념 자체가 줄었고, 실행력은 높아졌다. 나 자신을 쉽게 판단하지 않으니 타인을 판단하는 습관도 줄었다.

사람이니까 부정적인 감정이 생길 때도 있지만 예전만큼 영향을 받지는 않는다. 어떠한 과정이 힘들더라도 이를 고통으로만 받아들이지 않고 그것을 즐길 수 있는 힘도 생겼다. 모든 위기 다음에는 반드시 기회가 있다.

내가 변할 수 있었던 이유는 참 많지만, 그 이유들을 냄비에 졸이고 졸여 딱 한 단어로 표현하자면 '자기 사랑'이다.

우리는 결국 '즐겁고 행복하게 살기 위해서' 이 세상을 살아간다. 모든 경험을 충분히 누릴 수 있다면 그걸로 충분하다. 고통으로만 여기지 않고 그 고통을 경험 삼아 자신의 삶을 누릴 수 있으려면 자기 사랑은 필수다.

몇 년 전 수련에 몰두하고 있을 때 나라 작가님을 알게 되었다.

"아니, 이런 사람이 그동안 어디 숨어있었던 거지?"

자신만의 경험으로 녹여낸 그녀의 이야기들은 푸른 공원의 비눗방울처럼 내게 영감과 빛이 되었다. 잠시 길을 잃고 방황 할 때, 그녀는 순간순간 나타나서 아주 쉽고도 재미있게 '자기 사랑'의 길로 인도하기 시작했다. 그녀의 존재 자체가 내게는 큰 용기가 되었다.

여전히 세상은 '자기 자신과의 소통'에는 큰 관심이 없어 보인다. 하지만 살짝만 틀어 시선을 돌리면 분명히 점점 더 많은 사람들이 깨어날 것이다. 이 책을 고른 당신도 그 중 한 명이다.

자기 자신을 사랑하는 것은 이 세상을 치유하는 것과 다르지 않다. 자신을 사랑한다는 것은 곧 세상을 사랑하는 것과 같기 때문이다.

항상 잘 관찰해주자.
내 몸이 편하고 강하게 느껴지는지,
삶이 너무 무기력한 것은 아닌지,
왜 그런지.
혹시 마음에서 어떠한 영향을 받은 건 아닌지.

계속해서 관찰하고 대화하자.

나에게 무자비한 폭력이 아닌,

관심과 사랑을 주자.

어떻게?

이 책이 여러분에게 아주 재미있고 유용한 가이드가 되어 줄 것
이다!

고은아(『3892그녀들』 저자, 홀리스틱웰니스 코치, 요가 강사)

추천사

　베스트셀러 코너를 가면 위로와 치유의 에세이가 넘쳐난다. 우리는 모두 힘든 시대를 각자의 방법으로 버텨내며 살아가고 있다. 저자는 이 책에서 누구나 할 수 있는 뜬구름 잡기식 위로가 아니라 지금 바로 할 수 있는 현실적이고 구체적인 방법을 제시한다. 아마도 이 책의 마지막 장을 넘길 때쯤엔 여러분이 그토록 찾아 헤매던 해답을 찾으리라 믿어 의심치 않는다.

김보준(『사막을 달리는 간호사』 저자)

이 책을 펼친 소중한 당신께

지금까지 자신을 이해하고 사랑하며 원하는 삶을 사는 방법을 안내해드린 수업을 통해서 나눴던 이야기들을 이렇게 책을 통해서 더 많은 분과 함께 나눌 수 있어서 진심으로 기쁩니다. 이 책을 읽으신 모든 분들이 위로받고 자신을 사랑하며 삶이 더 편안해지길 바랍니다. 저는 밝고, 당차고, 씩씩하고, 책임감이 강하고, 활발하고, 잘 웃었습니다. 동시에 저는 어둡고, 초라하고, 도망가고 싶고, 우울하고, 힘들었습니다. 저는 사는 게 재밌고, 즐겁고, 행복했습니다. 동시에 저는 어떻게 살아야 할지 참 막막했습니다. 저는 언제나 하고 싶은 게 많았고 열심히 살았습니다. 저는 성격이 좋다는 말을 많이 들었습니다. 동시에 저는 굉장히 부정적이고 우울하고 예민하고 까칠했습니다. 저는 두 다리가 후들거리게 달리면서도 어디를 향하는지 몰랐습니다. 전자의 저는 부지런히 잘 꺼내면서, 후자의 저는 부지런히 억누르고 감췄습니다. 때로는 감춰지지 않아서 가까운 사람들에게 상처도 많이 줬습니다.

어떻게 사는 것이 잘사는 건지 무엇이 행복인지 잘 몰라서, 잘 나가고 유명하다는 사람들의 말에 행복의 기준을 맞췄습니다. 그 말에 제 삶을 맞추느라 전 굉장히 열정적이고 바빠 보이는 삶을 살았지만, 결국 어디에도 제가 원하던 삶은 없었습니다. 그것도 어설프게 흉내만 냈지 제 삶이 아니었습니다. 또한 저 자신을 오랜 시간 '멋진 삶과 성공'이라는 타이틀을 위한 도구로만 여겼었습니다. 그러느라 저 자신을 채찍질하고 남과 비교하고 때로는 열등감에 젖고 때로는 우월감에 젖어, 맞지도 않는 옷을 입으려고 했습니다. 멋진 삶이란 무엇이냐는 질문을 받으면 그때 전 아마 어디서 듣고 배운 대로 대답했겠지요. 남들이 보기에 잘나 보이거나, 돈을 잘 벌거나, 인맥이 넓거나, 유명해지거나 등 대부분 저의 결핍이거나 타인의 기준에 맞춰진 욕구를 따랐습니다. 거기에 저 자신은 없었습니다.

삶에서 마주친 여러 사건을 계기로 제가 저 자신으로 온전히 살아오지 않았다는 걸 알게 된 어느 날은 삶을 포기하고 싶었습니다. 저 자신에게 속았다니 어찌나 분했는지 모릅니다. 그동안의 삶에 뒤통수를 맞은 기분이었습니다. 탓할 대상이 없어 더 힘들었습니다. 제가 생각한 성공이나 행복이라 여기는 것들도 다 거짓이란 생각에 괴로웠습니다.

하지만 모든 게 잘못됐다는 생각이 다른 삶을 살게 될 큰 전환점이었음을 뒤늦게 알았습니다. 저는 그 누가 될 필요도 없이 온전히 저 자신으로 살면 되는 거였습니다. 삶은 고통과 상처를 감당해야 하는 상황들을 통해 그런 기회를 보여줬습니다.

충격과 우울이 지속되면서 방황했지만, 결국 저는 내면에 집중하는 삶으로 전환했고, 그렇게 제가 의문을 가졌던 퍼즐들이 제자리에 맞춰지기 시작했습니다. 제 감정에 온전히 귀를 기울여 주고, 인정해주고, 이해해주자 사랑을 갈구하는 내면의 목소리가 점점 작아졌습니다. 저를 덮칠 것만 같았던 파도도 금방 잠잠해졌습니다. 거센 파도는 무섭지만 잔잔한 파도는 안정감을 줍니다. 인생도 그렇습니다. 결코 우리는 파도를 멈추지 못하지만 우리는 바다 그 자체이기에 파도를 받아들이는 힘을 키우면 됩니다.

바깥에 집중되었던 제 모든 신경을 잠시 차단하고 내면에 집중하면서 바깥에서 답을 찾지 않아도 된다는 엄청난 자유를 얻었습니다. 그 대신 모든 책임이 다 제게 있다는 사실이 처음에는 조금 어색하고 무섭기도 했습니다. 결론적으로 현재 저는 제 삶에 굉장히 만족하고 편안하게 살고 있습니다. 또한 살아오며 당연하다고 생각했던 것들이 당연하지 않음을 알게 되었습니다. 이 세상은 저라는 사람을 비추기 위해 존재한다는 사실을 알았고 온전히 받아들였습니다. 저는 이제 조급해하지 않습니다. 감정 앞에 크게 혼란스러워하지도 않습니다. 물론 가끔 감정에 놀아나기도 하지만, 알아차리고 바로 나오면 그만입니다. 지금까지 감정의 노예로 살았다면, 마침내 감정의 주인이 된 것입니다. 진짜 제 삶을 사는 하루하루가 진심으로 감사하고 굉장히 편안해졌습니다. 그래서 저는 지금 내면에 집중하며 평온해진 방법들을 다른 분들과 나누는 활동을 하고 있습니다.

이 책에는 주로 자신에 대한 사랑, 감정, 태도가 나옵니다. 무엇보다 가장 기본적인 나의 모습을 먼저 확인한 다음에 이 책을 읽어보시길 권합니다. 요즘 내가 잘 먹고 잘 쉬는가? 잘 자는가? 몸을 자주 움직이는가? 이 중 하나만 흐트러져도 금방 리듬이 깨질 수 있습니다. 그리고 그것은 정신의 문제로도 이어집니다. 잠을 제대로 못 잔 날이면 유난히 예민하고 신경질적이었던 경험이 있으신 분들은 아실 것입니다. 이런 기본적인 것들이 삶에서 얼마나 큰 영향을 미치고 있는지를. 몸을 많이 움직이거나 숙면 시간을 지키는 등 가장 기본적인 것만 지켜도 삶의 질이 달라집니다. 이런 부분은 가장 기본이니 항상 확인해보시길 바랍니다. 정신과 몸은 연결되어 있으니 건강해지려면 이 모든 것에 대한 관리를 병행해야 합니다.

저는 압니다. 누구나 자신만의 답을 이미 가지고 있다는 사실을. 그 어떤 훌륭한 가르침이라도 자신에게만 답일 수 있습니다. 자신의 답은 스스로 찾아야 합니다. 저는 답을 알려드리고자 하는 게 아닙니다. 자신의 답을 찾는 몇 가지 방법을 안내해드릴 뿐입니다. 여러분들만의 답을 찾는 삶이라는 여정에서 잠시 만나게 된 이 책이, 언제든 참고할 수 있는 삶의 힌트와 편안한 휴식이 될 수 있길 바랍니다. 그리고 부디 가장 필요한 분들께 먼저 닿기를 기도합니다.

1장

나라는 사람을
제대로 사랑하기

어느 날 갑자기 고장 나버린다면

자신에 대한 마음에 사랑이 넘친다면 어디를 가나 사랑이 넘칠 것이고 자신에 대한 마음에 미움이 넘친다면 어디를 가나 미움이 넘칠 것이다. 이 세상은 천국인가 지옥인가? 그것은 지금 내 마음이 어떠한지에 달려 있다. 세상은 내 마음을 현실이라는 모습으로 비춰줄 뿐이다.

어느 날 갑자기 고장 나버린 것 같다는 생각이 들면 일단 잠깐 멈추고 자신의 삶과 현재 상태를 돌아보자. 어린아이가 넘어졌을 때 다친 데가 없는지 몸 구석구석을 살피듯이 세심하고 다정하게 관찰하자. 내가 말하는 고장은 극심한 상태뿐만 아니라 삶에 회의감이 들거나 무기력증이 오래간다거나 이유 없이 우울하거나 작은 것에 예민하게 반응하는 등 이전과는 다른 자신의 상태를 말한다. 이런 시기가 온다고 그냥 지나칠 것이 아니라 어쩌면 꽤 오랫동안 당신 안에 있는 무언가가 끊임없이 주었던 힌트를 이제야 알아차린 걸 수도 있다는 사실을 당신은 인지하고 꼭 돌아봐야 한다. 곪아 터지게 내버려 두지 말자. 괜찮아지려면 자신의 상태를 정확히 알아야 한다.

사람은 다양한 경로로 자신의 고장을 알아차린다. 여기서 도대체 무엇 때문에 열심히 사는지 의문이 생긴다. 그리고 무서운 속도로 허무함이 몰려온다. 길을 잃은 기분이 들고, 아주 작은 일에도 예민하게 반응한다. 사소한 일에 쉽게 화를 내거나 울기도 한다. '이렇게 살아서 뭐 하지?'라는 생각이 머릿속을 떠나지 않는다. 관계 속에서 처절한 외로움을 느끼거나, 세상에 나 혼자 밖에 없는 것만 같은 어둠에 갇히기도 한다. 어찌할 바를 몰라 더 열심히 일하거나, 재밌는 것에 빠지거나, 술을 마시거나, 쇼핑하거나, 폭식하거나, 친구들이랑 수다를 떨며 스트레스를 풀기도 한다. 이렇게 해서 풀리는 정도라면 괜찮지만, 그렇지 않다면 방향을 틀어야 한다.

정확한 이유를 알 수 없이 지속되는 스트레스를 이런 식으로 반복해서 푸는 것은 사실 해소가 아니라 일시적인 회피일 뿐이다. 그러다가 정신 차리자는 생각으로 난 지금 이럴 때가 아니라며 스스로 나무라고 더 열심히 살라고 채찍질을 한다. 하지만 그럴수록 숨이 막혀온다. 그때 필요한 건 채찍질이 아니라 휴식과 돌봄이었다는 점을 알지 못한다. 자신을 들여다봐야 하는 타이밍이라는 걸 알지 못한다. 점점 숨을 조이는 건, 다름 아닌 자기 자신이다. 머지 않아 같은 증상이 다시 나타난다. 그런데도 해소하지 못하고 억누

른 채 지나가게 되면 더 큰 화병, 우울증과 같은 상태를 직면하게
되는 경우가 흔하나.

나는 내가 고장 났는지도 모른 채 꽤 오랜 시간을 달렸었고, 남
들이 보기에는 활발하고 밝은 모습이었지만 속은 썩고 있었다. 썩
고 있는 속을 모른 척하며 사느라 나 자신이 이렇게까지 힘든 줄
몰랐던 시절이었다.

밝고 씩씩한 사람, 정말 열심히 사는 사람, 열정적인 사람, 꿈이
많은 사람, 쉬지 않고 달리는 사람, 즐겁게 사는 사람이 나였다. 우
울하고 슬픈 사람, 예민하고 까칠한 사람, 쉼 없이 남과 비교하며
스스로 갉아먹는 사람, 외로운 사람, 아무것도 하기 싫은 사람, 지
친 사람, 쉬고 싶은 사람, 아주 사소한 것에도 언제든지 무너져 죽
을 준비가 되어있는 불안한 사람도 나였다. 내 안에서 이 둘이 어
떻게 동시에 존재할 수 있었을까? 모든 건 분리에서 생겨난 문제
들이다. 이것도 나, 저것도 내 모습일 뿐인데 외면하고 싶은 모습과
감정을 부지런히 억눌러 왔기 때문이다.

대부분의 상처는 자기 자신도 눈치채지 못하는 경우가 많다. 오
랜 시간이 지나 돌아보면 그랬었다. 등에서 곪고 있는 상처를 보지
못하다가 계절이 여러 번 지나서 발견한 것처럼. 어디서부터 손을
대야 할지 엄두가 나지 않아 기겁할 정도로 스스로 아주 사랑하
는 척하는, 가장 무서운 방관자이자 학대자인 셈이다. 이런 사례를
너무 많이 봤고 나도 그랬다.

하지만 언제 그랬냐는 듯이 행복하고 평온한 삶을 선택할 수도

있다. 거짓말 같지만 사실이다. 툭하면 소리 지르고 욕하고 집어던지고 하루에 기분이 수시로 바뀌어 자신과 주변 사람을 괴롭히던 사람이 바로 나였다. 그때는 타인과 나를 비교하며 늘 열등감에 사로잡혀 나의 가치를 증명하려 애쓰며 불안에 떨었었다.

이런 내가 지금은 마인드 코치, 소통 코치로 활동을 하며 자신을 이해하고 사랑하는 방법을 안내하고 있다.

당신은 무엇 때문에 이 책을 펼쳤는가. 어디가 고장 난 느낌 때문일까? 모르겠다. 어쩌면 그때의 나처럼 삶의 길을 잃은 느낌이 들거나, 혹은 그런 누군가가 떠올라서 펼치지 않았을까? 지난날 헤매던 내게 전하는 마음으로 쓰는 책이니 그때의 나와 비슷한 상황에 있다면 도움이 되길 바란다.

당신의 감정, 생각, 상황, 현실은 당신의 삶 밖이 아니라 삶 안에서 일어나는 일들이다. 또한 그것들은 당신 자신이 아니다. 약간의 용기를 내어서 나와 손 잡고 함께 나아가보자. 이 책을 통해 당신은 당신 자신을 구원할 수 있게 될 것이다.

당신이 스스로 이해하고 사랑하기 어려운 진짜 이유

　자기 사랑이란 무엇일까? 스스로 존중하는 마음, 있는 그대로의 자신을 받아들이는 것, 말 그대로 자신의 존재 자체를 어떠한 이유도 붙이지 않고 받아들이고 소중히 여기는 마음이다. 그러면 왜 그렇게 되지 않았던 걸까? 왜 그토록 어려웠을까? 분명 이유가 있을 것이다. 먼저 자신을 사랑하고 있지 않다는 것에 집중하기보다는 그럴 수밖에 없는 자신을 이해해야 한다.

　우선 자기 사랑이 부족하고 자존감이 낮다며 스스로 질책하지 말아야 한다. 그전에 왜 자존감이 낮은지 왜 날 제대로 사랑할 수가 없었는지 그 원인을 파악해야 한다. 그리고 원인을 파악했으면 노력은 거기서부터 시작해야 한다.

　대부분 양육자의 성향과 양육 방식 즉 성장 환경이 상당히 큰 영향을 미친다. 그리고 원하든 원치 않든 살면서 겪은 모든 경험의 영향도 받는다. 환경의 영향은 막대하지만, 개인의 노력으로 충분히 바꿀 수 있다. 그러니 출발을 여기서부터 해보자. 우선, 그동안 자라온 환경을 떠올려본다. 자신에 대한 정확한 이해를 위해서 내가 자존감이 높을 수 있었던 환경이었는지, 낮을 수밖에 없었던 환경이었는지 회상해보자.

우리는 모두 조건부 사랑을 받아왔다. 당신은 아무런 조건 없이 당신의 존재 자체를 존중받고 사랑받은 기억이 있는가? 잘났다 못났다 착하다 나쁘다 잘한다 못한다의 구분 없이, 그냥 존재만으로, 있는 그대로 말이다. 보호자인 부모의 양육은 아이에게는 생존의 문제이다. 아이였을 당시에 부모는 당신의 세상이었다. 당신의 세상에서 부모의 말, 그들의 가치관, 당신을 대하는 태도는 당신이 자신을 대하는 태도와 세상을 대하는 태도의 기준이 되었을 것이다. 어떤 식으로 영향을 받아, 어떻게 변화했던지 상관없이.

몇 가지 예를 들어보겠다. 다른 집 자식과의 비교든 형제끼리의 비교든 이런 비교가 당신에겐 독이 되었을 것이다. '저 집 자식은 이런데 넌 왜 이러니', '언니는 이런데 넌 왜 이러니', '난 어릴 때 안 그랬는데 넌 누굴 닮아서 그러니.' 이런 비교의 말은 부모님은 있는 그대로의 나를 인정해주지 않는다는 생각에서 멈추는 게 아니라 그 화살을 자기 자신에게 돌리게 만들기도 한다. 내가 공부를 못해서, 내가 못나서, 내가 부족한 자식이라서 가장 사랑하는 부모님으로부터 이런 말을 듣는다고 말이다. 자신에게 화살을 돌리지 않고, '왜 비교하고 그러지?'라는 생각이 든다고 해도 부모가 날 있는 그대로 받아들이지 않고 누군가와 비교한다면 그로 인한 상처는 지울 수 없다. 그래서 인정받으려고 노력한다. 이렇게 하면 인정받겠지, 칭찬받겠지, 사랑받겠지, 혹은 내가 아무리 노력해도 어차피 날 인정해주지 않을 텐데 뭐하러 노력해? 하면서 불만만 생길 수도 있다. 반대도 마찬가지다. 남과 비교하며 나를 추켜세워줬다고 해도 그 사람보다 더 잘해야 칭찬을 받는다는 압박감이 생길 확률이 높다. 그러면 늘 경쟁에서 이기려 들다가 지칠 것이다. 왜냐하면 비교했을 때 본인이 인정받고 살아남아야 하니까. 불안하기는 매한가지이며 여하튼 비교는 독이 된다.

이런 경우도 있다. 내가 하고 싶은 건 A인데 그것이 나중에 안정적인 직장으로 이어지지 않을 것 같거나, 부모의 소망과는 멀게 느껴지거나, 부모가 봤을 때는 시간을 쏟을 가치가 없다고 여겨지는 등 여러 이유로 하고 싶은 걸 응원받지 못하고, 하기 싫은 걸 억지로 해야 하는 상황이 발생했을 수 있다. 부모가 바라는 것과 다른 것을 원하는 건 잘못됐다는 식으로 몰아가는 사례도 흔하다.

사람마다 타고난 것도 다르고 취향과 관심사가 다른데 아이의 말에 귀 기울여 주지 않고, 오직 부모의 입장에서 가치가 있다고 생각하는 것은 아주 사소한 것이라도 강요한다. 이끌어주고 권유하는 것과 억압하고 강요하는 것은 엄연히 다르다. 나는 억압과 강요를 말하고 있다. 여기에 존중이란 없다.

그럼 당신은 자연스럽게, 당신이 하고 싶은 것은 언제든지 외면

당할 수 있다는 생각에 욕구를 누르게 되고, 하고 싶은 것을 원할 자격이 없다고 생각하고, 하고 싶지 않은 것도 해야 한다는 사고 패턴에 익숙해질 수 있다. 왜냐하면 그래야 인정받고 사랑받을 것 같고, 더 비난받지 않고, 못난 자식 소리 듣지 않고, 칭찬받고, 힘 빠지는 싸움을 하지 않고, 비로소 안정감을 느끼기 때문이다.

엄마, 아빠 말을 잘 들어야 착한 아이라는 소리를 듣는데 어찌 자신의 욕구를 내세울 수 있겠으며, 더 나아가 아무런 자각 없이 어른이 되었다면 그 성격이 얼마나 변하겠는가? 어른이 되어서도 마찬가지로 당연히 내 목소리를 내지 않고, 주변의 눈치를 먼저 살피고, 나 자신보다 나와 이어진 관계와 상대방을 먼저 생각하게 된다. 싫어도 상대를 위해 참고 양보한다. 내 기분보다 상대의 기분만 신경 쓴다. 이것은 배려일까? 그렇지 않다. 어린 시절부터 시작된 억누름이다. 원하는 것을 억눌러야 사랑받는다는 잘못된 믿음이 낳은 습관이다.

또한, 말끝마다 돈이 없다고 하거나, 비난을 일삼거나, 명령조로 얘기하거나, 의사를 묻지 않고 어른들이 시키는 대로 하라고 윽박 지르거나, 아이에게 지나친 기대감을 주는 말을 하거나, 넌 이래야 하니 이러면 안 된다고 미리 규정짓거나, 잦은 언어폭력, 아이 앞에서 보이는 부부 갈등, 성별에 대한 고정관념, 부모가 가진 정서의 불안정 등등 이 모든 부모의 양육 태도와 환경은 아이의 가치관에 평생 막대한 영향을 미친다.

자존감을 높이고, 자기를 진정으로 사랑하는 연습을 하는 도중에 부모에 대한 원망이 생기는 경우도 매우 빈번하다. 이는 어찌 보면 당연한 과정으로 그것을 직면할 필요가 있다. 하지만 그걸로 당신의 삶을 망칠 수는 없지 않은가. 어차피 제대로 된 자기 사랑을 위한 시간을 가지다 보면, 부모도 자식을 키우며 서툴 수밖에 없었다는 점과 완벽한 부모가 없다는 걸 마음으로 이해할 수 있을 것이다. 하지만 이 사실을 마음으로 아는 것이 중요하지 억지로 머리로 이해할 필요는 없다. 가장 먼저 자기 자신을 이해해야 한다. 부모도 부모가 처음이라는 말이 모든 것을 합리화시켜주지는 못하지만, 그들 나름대로 최선을 다했을 수 있다. 또한, 그들의 부모로부터 온전한 사랑을 받지 못했을 수 있고, 당신을 키우면서 상황이 변했을 수도 있다. 하지만 나는 절대로 억지로 이해하라고 권하고 싶지는 않다. 이해는 자연스럽게 해야지 억지로 쥐어짜서 나오는 것이 아니기 때문에.

수강생 중에 '내 나이가 이런데 이제 와 부모를 원망할 수도 없고 너무 힘들다'고 말하는 분들이 있다. 그럴 때 나는 일단 올라오는 감정을 누르지 말고 인정하라고 말한다. 부모니까, 내 나이가 많으니까 자신의 감정을 외면하거나 억누르지 말고 있는 그대로 감정을 인정하라고 권한다.

지금 당신의 나이와 상관없이, 상처받았던 어린아이는 아직 죽지 않고 당신 안에 있다. 껍데기는 나이가 들었을지 몰라도 내면에는 여전히 어린아이가 존재한다. 지금의 내가 아니라 그때의 내가 당시에 하지 못한 원망을 지금에 와서 하는 것이다. 싸우자는 게 아니라 외면했던 감정들을 이제라도 인정하고 들여다 보자는 말이다. 그러다 보면, 그 안에 있는 아프고 여린 마음을 발견하게 될 것이다.

당신의 지금 나이와 상관없이, 낮은 자존감의 원인을 알고 나서 먼저 이 상황에 직면해야 한다. 어쩌면 가정환경과 상관없을 수도 있다. 학교나 사회생활을 하며 자존감이 낮아졌을 수도 있다. 우리는 가정뿐만 아니라 모든 환경의 영향을 받으니까. 다만 한 사람의 삶이 시작되는 뿌리가 가정이기에 가정환경이 가장 중요한 것이다. 대부분 가정에서 받은 영향과 형성된 패턴으로 평생을 살아가기 때문이다.

이제 시작하자. 자기 자신에게 휘둘렀던 채찍을 내려놓고, 자신을 숨겨뒀던 마음의 동굴에서 나와서 상처가 있다면 연고를 발라주자. 상처 위에는 연고를 발라야 한다. 그 상처를 가려줄 화장품을 바를 때가 아니다. 상처를 외면하고 가리기만 한다면 더 심하게 덧나고 곪기밖에 더 하겠는가. 가리는 건 한계가 있다.

가정환경뿐만 아니라 그동안 그럴 수밖에 없는 세상을 살아왔다고 봐도 무방하다. 일단 우리는 유치원이든 학교든 사회든 언제나 비교당하기 쉬운 환경에 놓여 있고, 경쟁 사회에서 살고 있다. 마음 터놓을 친구가 동시에 경쟁자가 되는 현실이 너무 당연했고 존재를 인정받기보다는 항상 평가받고 우리에게 점수를 매겼다. 예뻐져라, 멋져져라, 잘나가라, 잘하라, 성공하라 그래야 넌 가치가 있다는 소리를 질릴 정도로 들어왔다. 또한 당장 예뻐져야 인생이 바뀔 수 있고, 당신의 가치가 빛난다는 식의 성형외과 광고가 아직도 버젓이 성행하고 있다. 성형을 부추기는 사회가 정말 정상인가? 예뻐지라고 강요하는 건 비정상이다. 지금 당신의 외모를 있는 그대로 두지 말라는 부추김이 어떻게 정상인가? 높은 점수를 받고 사랑받고 인정받기 위해 빨리빨리 노력하라고 부추기고 있다. 그렇지 않으면 뒤처진다고, 가치 없다고, 별로인 인생이라고, 패배자란 단어를 들먹이면서. 그게 외모든 돈이든 실력이든 상관없다. 우린 여태 얼마나 속아왔는가.

SNS는 어떠한가. 나도 SNS를 하고 있고 선한 영향력을 주고받는 기능에 만족하고 있는 사용자다. 그런 순기능이 있지만, 한편으로 SNS는 비교를 부추기기도 한다. 마치 행복 경쟁처럼 느껴져서 피곤할 때도 종종 있다. 나 여기 가봤고, 이런 거 먹었고, 이 선물을 받았고, 이번엔 이걸 샀고, 이걸 이뤘고, 돈은 이 정도 있고, 지금은 이 정도 삶을 즐기고 있으니 정말 행복해! 그렇지? 나 그렇게 보이고 있지, 지금? 이렇게 외치는 거 같다.

그리고 다른 사람의 꾸며진 일상이 담긴 게시물을 보면 자신의 삶과 비교하며 우울해지기 십상이다. 기분이 다운될수록 타인과 자신을 비교하길 멈추기가 정말 힘들다. 그래서 난 그럴 때는 차라리 한동안 SNS를 잠시 멈출 것을 추천한다. 스마트폰은 가끔 사람을 바보로 만든다. 시간과 에너지를 나도 모르는 사이 홀라당 스마트폰에 빼앗긴다. 작은 바보상자에서 벗어나서 진짜 인생을 살자. 진짜 행복을 찾자. 우리의 삶은 손 위에 놓인 핸드폰 속에 있지 않다. 온라인이 아니라 오프라인에서 진짜 나를 먼저 바라보자. 자존감을 회복하자. 당신이 자존감이 낮은 이유는 당신이 못나서가 아니다. 당신의 잘못이 아니다. 당신 탓이 아니다. 그럴 수밖에 없었던 이유가 분명히 있기 때문이다. 그게 가정환경에서 비롯된 것이었든 가정 밖에서 일어난 것이든 말이다.

그러니 부디 더는 자기 자신을 탓하지 말자. 사실 지난 과거는 크게 중요하지 않다. 자존감이 낮은 건 당신 탓이 아니며, 그럴만한 이유가 있었다는 사실을 자각하는 것만으로도 충분하다. 지나간 일이니 잊으란 말이 아니라 과거에 얽매이지 말자는 소리다. 지금의 당신 삶에 영향을 준 것도 사실이고, 치유는 과거로부터 시작되어야 하는 것도 맞지만, 우린 가장 소중한 '지금'을 살고 있다. 과거에 묶여서 벗어나지 못하면 가장 소중한 '지금'도 과거 속에 사느라 놓치고 만다. 그럼 도대체 어떻게 하란 말이야 라고 생각할 수도 있다.

함께 퍼즐을 맞춰보자. 우리에게 필요한 사람은 어떻게 하면 좋은 평가를 받고 인정을 받고 성공을 해서 멋진 인생을 살 수 있는지 알려주는 사람이 아니라 그렇게 살지 않아도 괜찮다고 말해줄 목소리다. 이겨야 하는 싸움에 반드시 지는 사람이 존재할 수밖에 없는 경쟁을 부추기는 건 미친 짓이라고 말해줄 목소리다. 그렇다면 어떻게 하면 괜찮아질까? 어떻게 하면 자존감이 높아질까? 어떻게 하면 나 자신을 있는 그대로 사랑할 수 있을까? 어떻게 하면 그때의 나도 지금의 나도 행복해질까?

1. 내가 날 이해하고 사랑하기 어려웠다면, 그 이유를 찾고 자신을 이해하는 시간을 가져보자.

2. 나는 어떤 내 모습을 좋아하고, 어떤 내 모습을 싫어하는지 떠올려 보자. 그리고 그 이유를 써보자.

자기 자신을 사랑한다는 것

앞서 자존감이 낮고 자기 자신을 제대로 사랑할 수 없는 이유가 분명히 존재한다고 설명했다. 지금부터는 스스로 탓하고, 질책하고, 구박했던 마음은 조금 내려놓고 이 책을 읽길 바란다. 물론 당장 쉽진 않겠지만, 그래도 자기 자신을 따뜻한 마음으로 바라볼 수 있을 것이다.

나라는 사람을 있는 그대로 받아들이는 건 결코 쉬운 일이 아니다. 숨기고 싶고, 없애고 싶고, 창피하고, 싫은 모습까지도 그냥 나라는 존재의 모습 중 하나라고 덤덤히 받아들이는 게 어디 쉽겠는가. 단 한 번도 그런 연습을 해보지 않았다면 더더욱 힘들 것이다. 난 너무 멋져, 소중해, 잘났어, 최고야! 이렇게 마음에도 없는 말을 억지로 하는 건 자기 사랑이 아니다. 잘났든 못났든, 잘하든 못하든, 부지런하든 게으르든, 정말 그런 것들과 전혀 상관없이 자신을 받아들여야 한다. 그 어떤 모습이라도 무조건 허용하자. 그걸 왜

해야 하냐고? 그걸 하지 못해서 고장이 났을 때 엄한 데 시간을 쏟고 애써왔기 때문이다. 고장이라고 표현했지만 사실 필연적으로 겪어야만 했었던 통과의례일지도 모른다.

우선 어떤 이유도 붙이지 않고 내가 나라는 이유만으로 그 존재 자체를 사랑하고 존중할 수 있으려면 지금까지 그러지 못했던 나를 먼저 이해해줘야 한다. 지금까지 내가 나라는 사람을 어떻게 생각하고 평가해왔는지, 스스로에 대해서 어떻게 정의를 내려왔는지, 어떻게 대우를 해왔는지 먼저 써보자. 나 자신을 소중히 대했는가, 성공의 수단으로 여기진 않았는가. 무언가를 지속적으로 강요하지는 않았는가. 자신을 증명해야만 사랑받을 거라고 하진 않았는가, 공부를 잘해야 한다고 말하진 않았는가. 이 정도 대학은 나와야 한다, 이 정도 성과는 내야 한다, 남들만큼 이 정도 모습은 갖춰야 인정받는다, 이렇게 해야 무시당하지 않으니 거기에 맞추라고 하지는 않았는가. 나에 대해서 어떻게 생각하고 평가해왔는지를 자세히 살펴보면 그 뿌리나 뿌리에 가까운 기억도 찾을 수 있고, 당연히 그 기억은 하나가 아니라 여러 가지일 수 있다.

'무조건 허용하고 자기 자신에게 보내는 위로와 공감을 기억하자.' 이것이 나 자신을 위해 절대적으로 필요하다. 남들은 잘 위로하면서 자기 자신에게 건네는 위로가 어색하고 서툰 사람이 참 많다. 당연하다. 이것도 해본 사람만 잘할 수 있다. 그러니 일단 해보자. 계속하다 보면 잘할 테니까.

생각해보고 가능하다면 꼭 글로 남겨보자. 나는 이를 감정 일기라고 부른다. 우선 검은색 펜, 파란색 펜이 필요하다.

1. 어린 시절 혹은 최근 당신에게 상처를 준 기억을 끄집어낸다.

꼭 상처라 부르지 않더라도 불편한 마음이 들었다면 써보자. 어떤 상황이었고, 어떤 말을 들었고, 어떤 감정과 생각이 떠올랐고, 그때 어떤 말과 행동이 필요했는지 아주 솔직하게 자세히 써보자. 사건의 크기와 상관없이 내게 상처면 상처다. 내가 불편하면 불편한 것이다. 다 쓰고 나면 옆 페이지에 파란 글씨로 무조건 공감과 위로를 보낸다. 이것은 꼭 필요한 과정이다. 이렇게 오랜 시간이 지나서도 울고 있는 그 아이가 손잡아주고 안아주길 기다리는 사람은 오직 자기 자신이다. 우리는 조금 더 자랐으니 더 잘해줄 수 있다. 듣고 싶었던 말, 마음, 위로를 나에게 해줄 수 있다.

글로 써도 좋고, 눈을 감고 내 마음에 있는 그 아이와 대화를 해봐도 좋다. 그동안 여러 복합적인 영향을 받았을 것이기 때문에, 내게 상처가 됐던 기억을 아주 어린 시절부터 최근까지 끄집어내어 그 마음에 공감해주고 위로를 보내고 너에겐 내가 있고, 내가 보살펴주겠다는 믿음을 심어주면 거짓말같이 하나씩 괜찮아지기 시작한다. 내 안의 지난날의 수많은 나 자신은, 다름 아닌 나 자신의 공감과 위로를 그동안 기다려왔기 때문이다.

이 기억은 꼭 가족과의 관계에서만 비롯된 것이 아닐 수도 있다는 사실을 명심하자. 우리는 살면서 수없이 많은 사람과 영향을 주고받는다. 어떤 기억이든 치유가 필요하다면 하면 된다. 하나하나 다 기억해내지 못하더라도, 기억에 남는 상처의 조각들을 꺼내 이런 식으로 치유해주다 보면 자신에게 공감해주고 위로해주는 일에 놀라울 정도로 익숙해진다. 그토록 바라던 말을 자신에게 해줄 수 있는 것이며, 그게 가장 강력한 힘이라는 걸 삶의 변화를 체감하며 알게 될 것이다. 그때는 굳이 따로 시간을 내어 글로 쓸 필요도 없다.

어릴 때 기억뿐만 아니라 최근의 기억에서도 필요하다면 해주는 게 좋다. 이 연습은 계속해 주는 게 좋다. 나도 아직도 하고 있고, 앞으로도 계속할 것이다.

절대 공감, 절대 위로를 잊지 말자. 내 감정을 터부시하지 말고, 무조건 공감하고 인정해주는 것이 바로 자기 사랑의 기본 중 기본이다. 이것은 감정의 늪에 빠질 것을 권하는 것이 아니라 지금까지 억눌렀던 감정을 인정하고 자신의 상처를 돌아보는 것이다.

2. 관념 바꾸기

누구나 자기 관념대로 산다. 어차피 우린 있는 그대로 세상을 보기 힘들다. 나 자신을 보기 힘들고 세상을 보기 힘들고 타인을 보기 힘들다. 관념을 갖는 건 당연한 일이다. 하지만 어떤 관념들은 자신에게 해를 끼친다. 그 관념으로 인해 고통이 깊고, 반복되고 있다면 남 탓, 세상 탓을 할 게 아니라 돌아보고 교정하면 된다.

결국 어떠한 사실 때문에 괴로운 게 아니라 그 사실을 해석하는 나의 관념 때문에 괴로운 것이다. 감정의 괴로움도 거기에서 발생한다. 어차피 내가 가진 관념을 모두 교정하기에는 시간이 너무 많이 필요하므로 불가능에 가깝다. 왜냐하면, 교정한다 해도 또 다른 고정관념이 될 수 있기 때문이다. 지금 당신이 가진 고정관념 가운데 당신을 해치는 것들이 있진 않은지, 불편한 관념이 무엇이 있는지를 자세히 살펴봐야 한다.

간혹 여자는 이래야 해, 남자는 이래야 해 라고 말한다. 나는 한 달에 얼마를 벌어야 해. 이 정도는 가져야 해. 전문직이어야 해. 아르바이트하면 무시당해. 엄마라면 이래야 해. 아빠라면 이래야 해. 장남, 장녀는 이래야 해. 30대는 이래야 해. 백수는 초라해. 늘 밝아야 해. 늘 당당해야 해. 실력을 쌓아야 해. 뒤처지면 안 돼. ~하면 무시당하고 외면당해. 그러니까 ~해야 해. 착해야 해. 반드시 책임을 져야 해. 희생해야 해. 모두에게 잘해줘야 해. 당당해야 해. 효도해야 해. ~하면 나약한 거야.

난 못났어. 난 패배자야. 난 너무 잘났어. 무수히 많은 자신의 이러한 관념들을 한 번 적어보고 그 관념이 자신을 괴롭힌다면 교정하면 된다.

보통 이런 식이다. 사람은 A 하거나 A를 하면 안 된다. 그렇지 않으면 가치가 없고 무시당하기 때문이다. 욕을 먹고 사랑받고 인정받기 때문이다. 이런 것들을 찾아보면 된다. 고정관념이 없을 수는 없다. 그러므로 이건 이상한 게 아니다. 하지만 내가 세운 고정관념이란 프레임에 갇혀서 자신을 자유롭지 못하게 가둔다면 다시 생각해볼 일이다. 지금까지 당신이 굳게 믿고 있던 것들은, '사실'이 아니라 그냥 하나의 '해석'일 뿐이라면, 당연하다고 여긴 많은 것들이 당연하지 않을 것이다. 스스로 가뒀던 관념의 세상에서 나오기 시작하는 것이다.

만약 '모든 사람에게 친절하고 잘해줘야 해. 그래야 좋은 사람이 되고 사랑받기 때문이야'라는 관념이 있을 때, 이 관념이 나를 괴롭게 만들지 않으면 아무런 상관이 없다. 하지만 이런 관념이 그래야만 내가 인정받고, 사랑받고, 버림받지 않을 것이란 생각이 들어서 착한 아이 증후군처럼 모두에게 인정받으려고 애쓰고, 내 기분은 억누르고 밝고 친절한 모습만 보여주면서 남들의 눈치를 보는 삶이라면 어떨까?

'모든 사람에게 불친절하고 잘해주지 않으면, 나는 나쁜 사람이니까 사랑받지 못해.' 소외당하고, 버림받고, 욕을 먹고, 사랑받지 못할 것이라는 두려움 때문에 나 자신을 자꾸 꾸미고 있다면 나의 좋은 에너지를 나누고 싶어서가 아니라 좋은 사람으로 보여서 사랑받고 싶다는 것이고 결국 발목을 잡게 된다. 이것은 교정할 필요가 있고, 그 순서는 아래와 같다.

실제 수강생분이 작성했던 내용

(1) 바꾸고 싶은 나의 관념은?

'모든 사람에게 친절하고 잘해줘야 해. 그래야 좋은 사람이 되고, 사랑받을 수 있어.'

☞ 미움받는 게 두렵다. 미움받지 않으려면 잘 보여야 한다.

(2) 이런 관념이 생긴 이유는?

이러한 관념은, 난 좋은 사람이어야 가치 있다는 생각과 모든 사람에게 좋은 사람으로 보이고 싶다는 마음에서 비롯되었다. 모두에게 인정받고, 사랑받고 싶다. 미움받고 싶지 않다. 난 소외당하고 미움받을 것 같아서 그게 너무 두렵다. 여기서 더 들어가면 이 관념이 생긴 결정적인 원인도 찾을 수 있다. 양보하고, 착한 행동을 해야 칭찬을 받았던 어린 시절이나, 착해야 한다고 강요받은 부모님의 양육 방식이나, 친절하게 대했을 때만 사람들이 나를 좋아하는 것 같다는 느낌에서 받은 영향이 이렇게 이어졌다.

(3) 이런 관념이 준 영향은?

좋은 사람이라는 타이틀을 얻어 좋은 점도 있지만 힘들 때가 더 많았다. 난 내가 너그럽고, 남을 잘 이해한다고 생각했는데 그건 사실이 아니다. 그냥 좋은 사람이 되고 싶은 마음에 나 자신을 방치하고 외면한 적이 많았다. 예를 들면, 화나거나 억울하거나 섭섭

해도 이 관계가 틀어지거나 나를 싫어할까 봐 그냥 참고 지나갔다. 하지만 나 혼자만 관계를 위해, 상대방을 위해 노력하고 참고 애쓴다고 생각할 때도 많았다. 난 존중받지 못하는 느낌이 들고, 겉으로는 '그럴 수도 있지' 하고 넘겼지만 사실 억지로 참으면서 나의 밝은 면만 드러냈다. 늘 친절하고 참고 잘해주던 내가 참다참다 터져서 가끔 내 할 말을 하면 '쟤 갑자기 왜 저래?' 식의 반응이 돌아왔다. 무언가 단단히 잘못되었다고 생각했다. 날 좋게, 착하게 보는 사람도 있지만, 오히려 나를 만만하게 보는 느낌이 들 때도 자주 있다. 결국 나는 나를 존중하지 못해서 남에게 존중받지도 못했다.

(4) 그 관념이 누구에게나 적용되는가?

꼭 그렇지만은 않다. 동료나 친구들을 보면 모든 사람에게 친절하고 잘해주지 않아도 인기가 많거나 사랑을 많이 받는 경우를 자주 봤다. 심지어 만만하게 보지 않는다. 할 말을 다 하는데도 주변사람들이 수용해준다. 그냥 꾸밈없이 자신으로 사는데도 다들 그걸 당연하게 받아들인다. 난 미움받을까 봐 이 관계가 끊어질까 봐 전전긍긍하는데 그들은 그렇게 하지 않아도 편하게 인간관계를 맺는다.

(5) 원하는 방향으로 어떻게 바꿀 수 있는가?

새로 만든 관념은, '굳이 모든 사람에게서 사랑받을 필요는 없

다는 것이며 날 미워한다고 해도 그건 내 몫이 아니라 타인의 몫'
이라는 사실이다. 그리고 나는 나를 가장 사랑하고, 내가 가장 소
중하기 때문에 내 목소리에 가장 귀를 기울일 것이다. 나는 나에
게 먼저 친절하고, 나에게 먼저 다정하고, 나에게 먼저 좋은 사람
이 될 것이다. 자기애에 빠져 살겠다는 말이 아니라 단지 나를 먼
저 사랑하겠다는 것이다. 물론 여전히 미움받고 싶지 않고 사랑받
고 싶은 마음이 생기지만, 그 마음은 잘못된 게 아니다. 하지만 그
마음 때문에 그동안 스스로 너무 힘들었고 늘 가혹했다. 습관처럼
올라오는 그런 내 모습도 받아들이고, 또한 조금 더 편해지기 위해
바꾼 내 관념을 위해 나 자신에 집중하며 살겠다.

이런 식으로 하나씩 바꿔보는 것이다. 물론 하루 만에 갑자기
바뀌지는 않을 것이다. 하지만 내 관념이 지금까지 어떤 영향을 주
었는지, 그리고 그게 사실인지, 사실이 아니라면 내 고정관념을 깨
는 사례들은 무엇이 있는지, 난 어떻게 바뀌고 싶은지 하나씩 고
민해보자.

또 다른 예를 들어보겠다. 〈돈 벌기는 재미없고 힘들고 어렵다.
부자는 따로 있다. 돈은 무조건 아껴 써야 한다. 일을 한 시간만큼
만 돈을 번다. 전문직만 돈을 많이 벌 수 있다. 돈이 없으면 너무
힘들다. 돈은 나를 괴롭게 한다.〉는 관념들을 〈돈 버는 건 쉽고 재
밌다. 요즘 시대에는 누구나 부자가 될 수 있다. 돈은 적재적소에

감사한 마음으로 잘 써야 순환된다. 효율적으로 일하면 잠자는 시간에도 논이 들어오게 할 수 있다. 직업이 다양해졌기에 여러 방면으로 돈을 벌 수 있다. 돈으로 살 수 있고, 경험할 수 있어서 감사하다. 돈은 날 도와주는 내 친구다.〉로 바꿀 수 있다.

〈나는 밝은 에너지만 풍겨야 했다. 사람들은 나의 밝은 면만 좋아했다. 그래서 내 어두운 면을 본다면 실망하고 떠날 것이다. 무너질 수 있으니까 힘들다는 말은 금지어다. 부정적인 면은 숨기고 없애고, 긍정적이고 좋은 면만 드러내고 키워야 한다. 그것이 자기관리다.〉이 관념은 〈내 안에는 다양한 에너지가 있어 이 관념들은 그게 뭐든 드러내도 된다. 심지어 밝지 않은 내면을 드러냈을 때의 솔직함을 좋아하는 사람도 있다. 싫어한다고 해도 크게 개의치 말자. 그리고 사람들이 날 좋아할지 말지, 어떻게 판단할지는 내가 정할 수 있는 게 아니며 그건 인생에서 그다지 중요하지 않다. 하지만 내가 나를 좋아할지 말지는 내가 정할 수 있다. 어떤 모습의 나든 받아들이는 게 가장 중요하다. 나는 부정적이든 긍정적이든 있는 그대로 나를 받아들일 것이다. 자신을 대하는 태도는 내가 세상을 대하는 태도, 더 나아가 세상이 날 대하는 태도가 될 것이다.〉로 바꿀 수 있다.

그리고 바꾸는 과정에서 올라오는 감정들을 인정하며, 저항이 심하다면 본인이 받아들일 수 있는 만큼만 바꾸면 된다. 이렇게 바꾼 관념이 남들이 보기에 좋은가 나쁜가, 옳은가 그른가는 올바른 기준이 될 수 없다. 내게 좋은가 아닌가, 날 편하게 하는가 불편하게 하는가, 나를 자유롭게 하는가, 숨 막히게 하는가와 같은 질문이 훨씬 중요하다. 옳고 그름의 기준은 누가 정할까? 지금까지 믿어온 게 거짓이고 사실 내 것이 아니라면? 물론 애초에 '내 것'이라는 건 없겠지만 만약 그것이 주입된 생각이거나 학습된 거라면? 따라서 내가 지금 당연하다고 생각하는 것들도 언제 뒤집힐지 모른다.

단 하나의 삶, 소중한 당신이 있을 뿐이다. 당신의 관념은 그저 당신이 정하면 된다. 우리의 뇌는 정보를 '사실'대로 처리하는 게 아니라 '믿는'대로 처리한다. 내가 어떤 걸 현실이라고 믿느냐에 따라 내 삶은 계속 새롭게 창조된다는 뜻이다. 어렵고 감이 오지 않더라도 이렇게 일단 시작해보자. 하다 보면 감이 올 것이다. 그 외에도 자신을 바르게 사랑하는 현실적인 방법은 많다. 이 책에서 계속해서 안내할 것이다. 먼저 나를 위로해주고 공감하는 방법, 관념 바꾸기가 가장 중요하니 이것부터 하나씩 실천하자.

돌이켜보면 태어나서 지금까지 뭐 하나 쉬운 게 없었다. 갓난아이가 걸음마를 하기까지 2천 번이나 넘어진다는 말을 들어본 적이 있는가. 하물며 말을 배우고, 글을 배울 때는 어떤가. 우리가 아무것도 하지 못했었다는 건 사실이다. 자전거를 처음 배웠을 때, 키보드로 처음 자판을 익혔을 때, 젓가락질을 배웠을 때 우리는 아무것도 할 수 없었다. 지금은 아무렇지도 않게 걷고, 뛰고, 먹고, 말하고, 쓰지만 분명 우리에게는 처음이 있었다. 그리고 여러 번의 실패도 있었지만, 우리는 결국 모두 해낸 존재들이란 사실을 잊지 말자. 지레 겁먹기에는 우린 정말 많은 것들을 해냈고 거기에 익숙해졌다. 그리고 앞으로도 해낼 것이다. 그동안 부담스럽고 무거웠던 관념들로부터 자유로워지면 얼마나 가볍고 편해지는지 모두 느꼈으면 좋겠다.

〔주의할 점〕

날 힘들게 했던 관념일지라도 내가 그 관념을 가지고 있을 수밖에 없었던 이유가 있었다는 것을 이해하자.

자신이 믿을 수 있는 정도, 마음이 편한 정도로만 관념을 수정하자. 믿을 수 없는 수준의 관념이나 기존 관념과 정반대 관념으로 수정하면 저항과 거부감이 커서 오히려 지칠 수 있다.

정반대 관념으로 수정해도 저항이 없다면 그대로 진행해도 좋다.

Mission

* 최대한 솔직하고 구체적으로 작성하자.

1. 바꾸고 싶은 나의 관념은?
    – 모든 관념을 정반대로 바꿀 필요는 없으니 마음 편한 방향으로 조금
    씩 바꾸자.

2. 그 관념이 생긴 이유는?

3. 그 관념이 내게 준 영향은?

4. 그 관념이 누구에게나 적용되는가? (그건 사실인가 해석인가?)

5. 내가 원하는 방향으로 어떻게 관념을 바꿀 수 있는가?

나 자신을 찾는 시간: 내가 누군지 정의하기

지금까지 자신에 대해 생각해 볼 겨를도 없이 그저 부모님이 하라는 대로 남들이 좋다는 것들을 따르며 살아왔는데, 정작 본인이 뭘 좋아하고 뭘 하고 싶은지 도저히 모르겠다는 말을 코칭을 할 때 자주 듣는다. 그 말을 들을 때면 한 친구가 떠오른다. 엄마가 정해놓은 대학교에 가기 위해 하루 3시간씩 자면서 공부하던 친구는 삶이 너무 우울하다며 자기는 좋아하는 것도 배우고 싶은 것도 없다고 했었다. 그러면 그냥 안 하면 되지 않냐며 그래도 악착같이 공부하는 이유를 물으니, '엄마가 그러라고 했으니까'라고 친구는 대답했다. 그 친구는 엄마가 자신을 쓸모없는 자식으로 여길 순간들을 너무나 두려워했고 마땅히 기대에 부응해야 자식으로서 사랑받는다고 생각해왔다. 그래서 악착같이 엄마가 시키는 대로 살았는데, 성인이 되고 보니 어떻게 앞으로의 길을 개척하며 살아야 할지 알 수 없어서 막막해하며 힘들어했다. 여기에는 자신의 진정한 욕구도 자신이 주인인 삶도 없다. 그저 인정욕구만 열심히 채우느라 애쓸 뿐이다. 그래야 하는 줄 알아서 다른 선택이 있다는 것을 알기 힘들 수 있다. 그리고 어느 시기에는 부모가 절대적인 존재라서 거역할 엄두를 내지 못한다. 자신의 의견을 내면 대든다고 받아들이는 경우도 많다. 이런 경우가 어디 한둘이겠는가. 심지어 타인의 기대에 부응하기 위해 애쓰고 있다는 사실을 스스로 인지하지 못하는 경우도 많다. 그만큼 그 삶에 익숙해지고 당연해져서 자각이 없는 것이다.

나름대로 정말 열심히 살아왔다고 생각했는데 무엇 때문에 그렇게 열심히 살았는지 알 수 없어서 숨이 막혀본 적이 있는가? 남들이 살라는 대로 살았는데, 사회에서 말하는 특정 기준에 맞춰 살아보려 애쓰며 달렸는데 왠지 길 잃은 기분이 들고 답답함이 느껴진 적이 있는가? 잠시 멈춰서 내가 뭘 좋아하는 사람이고 뭘 원하는지 생각해봐도 도무지 떠오르지 않거나 남들이 다 좋다고 하고 요즘 유행이라 해서 따라한 적이 있는가? 어떤 무리에서 낙오될까 봐 전전긍긍하며 내 목소리를 내지 못하고 남들 눈치를 살피느라 불편했던 기억이 있는가? 코칭을 하다 보면 이런 사례가 무수히 쏟아진다. 나도 그랬다. 한 번은 강연하는데 이런 질문을 받았다. 본인은 여행에 취미가 없는데, 남들이 다 해외여행을 가고 SNS에 올리니까 본인도 따라하고, 여행을 가서 관광을 즐기는 게 아니라 SNS에 올리기 위해 화장하고 예쁜 옷을 입는다는 것이다. 이것이 재미없고 피곤한데도 포기하기 힘들다는 것이었다. 사실 여행을 위한 여행이 아니라 업로드를 위한 여행을 하는 사람들이 많다. 네가 가본 곳 나도 가봤다, 네가 먹은 거 나도 먹어봤다는 인증 사진은 또 어떤가? 앞서 말한 사례들은 전부 나도 경험했던 내용이다.

도대체 왜 그럴까? 다양한 이유가 있지만 핵심은 바로 인정욕구다. '나'라는 사람을 둘러싼 가치 그리고 행동의 동기가 나 자신이 아닌 타인에 달려있기 때문이다. 그럴 때 우리는 쉽게 회의감과 허무함을 느낀다. 나 자신이 아닌 타인의 인정에 달려있기 때문에 그럴 수밖에 없다. 왜 이토록 타인의 인정에 목말라 있을까? 사람은 기본적으로 누구나 인정욕구가 있다. 어린 시절로 돌아가 보자. 우리의 생존권은 부모에게 달려있기에 어린 시절 나에게 부모는 절대적인 존재였을 것이다. 부모로부터 받는 사랑과 인정에 안정감과 안도감을 느꼈기에 그럴 수밖에 없다. 세상에 나와 처음 맺게 되는 관계이니만큼 내 세상이나 마찬가지다.

하지만 이 욕구가 지나치면 쉽게 중심이 흔들린다. '나'라는 사람을 나무라고 할 때, 뿌리가 자신의 땅속 깊이 자리 잡지 못한 채 아슬아슬하게 바깥에 걸쳐 있다면 지나가는 바람에도 쉽게 흔들릴 것이다. 나를 향한 누군가의 말이나 생각, 행동에 내 하루가 정해지는 것이다. 그 하루하루가 쌓여 나의 삶이 되는 것이다.

마치 내 감정과 기분에 대한 주도권이 남에게 있었다는 듯이 흔들린다. 우리는 누구나 서로 영향을 주고받으며 살아가지만, 영향을 받는 것을 넘어서서 뿌리가 흔들리기도 한다.

타인으로부터 받는 인정으로만 안정감을 느끼면 자연스럽게 남들과 자신을 비교하고 만다. 가정이나 회사 혹은 학교에서 남들보다 덜 인정받는 것 같으면 불안함을 느낀다. 화살을 자기 자신에게 돌려 스스로 작아진다고 느끼거나, 나보다 더 인정받는다고 여겨지는 사람에게 열등감을 느낀다. 앞서 말했듯 인정욕구는 자연스러운 현상이지만, 지나치면 중심을 잃고 삶 전체에 영향을 미친다.

재산이나 인기, 명예나 외모 등은 언제든지 변하거나 사라질 수 있다. 그렇지 않은가? 영원한 건 없다. 이것들은 분명히 삶 안에 있는 것이지만, 거기에 삼켜지지는 말아야 한다. 타인의 인정, 타인이 주는 관심은 언젠가 사라지지만 그 자리에 나는 남는다. 그것들이 나를 대신해주지 않는다. 그것들이 가치가 없다는 게 아니라 삶 전체가 되거나 나의 존재 그 자체인 양 착각했다가 무너지지 말자는 것이다. 언젠간 변하거나 사라지는 것들보다 훨씬 더 소중한 것은 각자의 존재, 각자의 삶이다.

77억 명의 인구에게는 77억 개의 세상이 있고, 생각이 있고, 가치관이 있다. 모두가 다르다. 각자 자신의 인생을 살면 된다. 그저 타인의 '생각'에 지나지 않는 것들에 자신의 인생을 걸지 말자. 이토록 소중하고 찬란한 삶을 타인에 맞춰 사느라 중심을 잃지 말자. 내 인생을 바라보자. 내면의 목소리에 귀 기울이자. 그러면 어떻게 해야 할까?

1. 찾아보기

그동안 내가 추구한 가치와 노력 중 과연 진정 자신을 위한 것이 얼마나 있는지 묻고, 그렇지 않은 것들을 정리해보자. 가능하다면 세세한 부분들도 찾아보자. 나에게도 자주 하는 생각, 말투, 취향, 소망까지 타인의 영향, 타인의 인정에서 비롯된 것들이 많았다. 진짜 내가 그것을 원하는지 아닌지 생각해볼 시간도 없이 너무나 자연스럽게 말이다. 다들 그렇다고 하니까 혹은 그래야만 했기에 해온 것들이 얼마나 있는지 살펴보자.

2. 인정하기

자신의 삶을 살고 싶지 않은 사람은 없다. 진정으로 행복해지고 싶지 않은 사람도 없다. 그러니 그럴 수밖에 없었던 나의 환경을, 그 이유를 그리고 지금의 나를 인정하자. 인정욕구에 내 모든 걸 바쳤던 지난날을 인정하자. 결국, 인정욕구도 내가 행복과 안정을 느끼는 방법의 하나였음을 잊지 말자. 그냥 사랑받고 인정받고 싶었구나 하면서 그런 나를 인정해주자.

3. 결정하기

이젠 결정해야 한다. 계속 그렇게 살 것인가, 아니면 나 자신의 삶을 살 것인가? 당연한 말을 왜 하냐 싶을 수도 있지만, 이 결정에는 많은 책임이 따른다. 이것은 지금까지 살아온 대로 살지 않겠다는 각오다. 절대 쉽지 않고 많은 저항에 부딪힐 것이다. 하지만 자신의 목소리를 따르는 삶을 살려고 노력한다면, 결코 불가능이 아니라는 것 또한 하루가 다르게 체감하게 될 것이다. 무슨 선택이든 각자의 자유와 책임이 따라오니 자신을 위한 선택을 하자.

4. 진정으로 원하는 것 찾기

평생 삶에 치여 살았거나 타인만 신경쓰는 삶을 살았다면 진정 자신이 원하는 걸 찾기 쉽지 않다. 여기에 몇 가지 방법이 있다.

1) 이렇게는 절대 살고 싶지 않다.

원하는 걸 찾지 못해도 절대 원치 않는 것들은 있을 것이다. 그것들을 찾아서 반대로 살아보는 것이다.

예시: 이제 남의 눈치 보며 살고 싶지 않다!

☞ 타인의 시선으로부터 자유로운 삶을 위한 여정을 시작하자.

2) 결과, 성과, 평가와 상관없이 시간을 내서 하고 있거나 하고 싶은 것을 한다.

군이 어떤 성과를 내지 않아도 된다면, 그런데도 시간을 내서 내가 하는 것이거나 해보고 싶은 것이라면 뭐든 좋으니 적어보자. 나는 그림 그리기, 수다 떨기, 글쓰기, 영상 만들기 등을 해보고 싶었다. 나는 그림은 배워본 적도 없고, 사실 잘 그리지 못한다. 하지만 대회에 나갈 것도 아니고 화가가 될 생각도 없으니 더 자유롭게 그릴 수 있고 평가받을 일도 없으니 마음이 가볍다. 수다 떠는 것도 좋아해서 다양한 모임에 나가는 것도 좋아하고 친구들이랑 통화하는 것도 내게 활력을 준다. 영상을 통해 사람들과 소통하는 것도 즐겁다. 현재 가벼운 마음으로 내 삶의 질을 높이고, 활력을 주는 것들은, 결과와 상관없이 즐길 수 있는 것들이다. 생각이 안 나면 어린 시절 내가 무엇에 몰입을 잘하고, 시간 가는 줄 모르고 즐겼는지 떠올려 보자. 혹시 아는가. 아직 내 안에서 여전히 하고 싶은 일들이 꿈틀대고 있을지.

3) 내가 아는 나의 소소한 성취를 하나씩 이뤄보기

아주 사소하지만 나만의 성취를 이뤄보자. 예를 들면 내 경우에는 주 3일 이상 명상, 아침마다 스트레칭, 일기 쓰기, 주말 대청소 등이 있다. 이 얼마나 시시하고 사소한가? 그런데 이런 것들이 내게 밝은 에너지를 채워준다. 남들이 알아주지 않아도 내가 원해서 정해놓고 하나씩 이루는 성취감으로 에너지 상승을 느껴보길 바란다.

살다보면 타인이 아니라 나 자신이 알아주는 것으로도 충분히 채워지는 의미있는 순간들이 있다.

식물 키워보기, 혼자 여행 가서 찍은 사진으로 엽서 만들기, 여행 에세이 책 내기, 1년간 봉사활동 하기, 번지 점프, 길고양이 밥 챙겨주기, 백수 되기, 운동하고 기록하기, 도자기 공방에서 주방 식기 하나씩 만들기, 하루에 3번 자신을 칭찬하기, 한 번도 안 가본 지역에서 한 달 살기, 처음부터 끝까지 빼먹지 말고 일기 쓰기, 아침마다 물 한 잔씩 마시기, 영양제 챙겨 먹기, 가족에게 일주일에 3번 전화하기, 하루 한 명 칭찬하기, 인사 먼저 하기, 오래된 친구에게 손편지 쓰기, 한 달에 한 번 자신에게 꽃 한 송이 선물하기, 좋은 에너지를 주는 영상을 하루에 하나씩 보기, 잠들기 2시간 전에 핸드폰 만지지 않기, 말하기 전에 잠시 멈추기, 욕하지 않기, 과감한 헤어스타일에 도전하기, 생활 한복 입고 고궁 돌아다니기, 필요 없는 물건이나 옷 정리하기, 하루에 1시간 미만으로 SNS 하기, 하루 한 끼라도 건강식 챙겨 먹기, 아침과 밤 하루 두 번 하늘을 올려다보기, 좋아하는 사진을 모아 인화하기, 자신에게 원하던 것 선물하기, 관심 있는 모임에 참여하기, 요가학원에 주 2회 방문 등이 있다.

당신은 어떠한가? 당신은 삶을 무엇으로 의미 있게 채우고 싶은가? 당신은 무엇을 좋아하고 싫어하는가? 어떤 것에 찬성하고 반대하는가? 꼭 입고 싶었는데 못 입었던 옷이 있는가? 해보고 싶었는데 나이를 탓하며 시도하지 않았던 적이 있는가? 당신은 무엇에 가장 잘 몰입할 수 있는가? 어떤 일을 할 때 시간 가는 줄 모르고 즐거운가? 그동안 미루고 있었지만, 경험하고 싶었던 것들은 무엇인가? 그것이 소박하고 유치하고 엉뚱해도 상관없다. 그 기준이 무의미하다. 왜냐하면 평가받을 일도 없고 남에게 보이기 위한 것이 목적이 아니기 때문이다. 노트를 펼쳐 적어보자. 타인을 아예 의식하지 않고 살 수는 없겠지만, 내 삶을 나 자신에 기반을 두고 행동하고 생각하고 창조할 때, 난 비로소 느낄 수 있었다. 내가 그토록 바라던 인정은, 사실 타인이 아니라 나의 인정이라는 사실을. 그냥 있는 그대로의 나 자신과 내 존재를 인정해주길 그렇게 오랫동안 원하고 기다리고 있었다는 사실을.

그냥 하는 것들, 시간 가는 줄 모르고 하는 것들이 사실은 내가 가장 좋아하는 것들이다.

4) 잠깐 거리 두기

자신을 사랑하고, 자신이 중심이 되려는 노력을 시작하면 기가 막히게 주변에서 변화를 감지한다. 가깝거나 자주 보는 사이일수록 더 그렇다. 기꺼이 응원하고 축복해주는 고마운 사람들도 있지만, 이상하게 여기는 사람들도 있다. 갑자기 왜 그러냐는 반응이 나올 수 있다. 특히 그들이 굉장히 부정적으로 반응하면서 비아냥거리는 말을 들을 수 있고, 그러면 안 된다고 심각하게 조언하는 일들도 비일비재하다. 그럴 때는, 마음을 독하게 먹고 자신을 위해 잠시 그들과 거리를 두자. 가족이든 연인이든 친구든 상관없이 관계를 끊으라는 말이 아니라 나를 위해 내게 해로운 말을 하는 존재들과 잠깐 건강한 거리를 두자. 그러면 머지않아 느끼게 된다. 자기 삶의 중심을 단단하게 잡아갈수록, 거슬리는 말을 하는 사람들이 사라지거나 그들을 신경 쓰지 않는 당신의 변화하는 모습을. 영향을 받지 않는 것이 어렵다면 일단 거리를 두자. 평생 나 자신보다 주변 사람들과의 관계가 그렇게 소중하고 중요했는데, 이젠 자기 자신을 위해 오롯이 자신에게 집중하는 시간이 필요하지 않을까?

5) 내 자식이라면?

자식이 있거나 나중에 자식을 낳게 된다면 내게 자식은 어떤 존재일까? 혹은 자식이 아니라 내 분신 같은 존재가 있다면 뭐라도 좋은 거 더 해주고 싶어서 안달 나지 않을까? 내 자식이 조금이라도 더 행복했으면 좋겠고, 조금이라도 더 좋은 것 먹이고 입히고 싶고, 몸도 마음도 건강하고 편하게 해주고 싶지 않을까? 너무너무 소중하고 귀해서 듬뿍 사랑을 주고 싶지 않을까? 무언가를 할 때 망설여진다면 '지금 내 자식이라면 난 어떻게 할까?'를 우선 생각해보자.

예를 들면, 자신에게 쓰는 돈에 지나치게 아까워하는 사람들이 있다. 나도 그랬다. 만 원짜리 하나 사면서도 여러 사이트를 비교해 백 원이라도 더 저렴한 걸 사려고 눈에 불을 켰었다. 5만 원짜리와 8만 원짜리 중 8만 원짜리가 더 마음에 들어도 가성비를 따져 언제나 5만 원짜리를 사는 쪽을 택했다. 하지만 주변 사람들 선물을 사거나 챙길 때는 얼마나 통 크게 굴었는지 모른다. 무언가 필요해서 구매할 때 멈칫한다면, 내 자식에게라면 뭐를 사줄 것인지를 생각해보고 결정해서 행동하자. 사치를 부리고 흥청망청 쓰라는 말이 아니다. 여건이 된다면 자기 자신이 원하는 걸 갖는 모습을 보여주자. 바로 자신에게.

또 다른 예를 들면, 사람들 사이에서 자신의 의사를 제대로 표현하지 못하고 눈치만 보는 경우도 있다. 대체로 양보하고 하자는 대로 끌려다니는 사람들이 그렇다. 괜히 말했다가 이상한 사람으로 취급받거나, 그들이 알던 내가 아니라며 실망하고 떠날까 봐, 원치 않는 싸움으로 이어질까 봐 섭섭하거나 꼭 하고 싶은 말이 있어도 끝내 삼키는 경우가 있다. 이럴 때도 지금 이 상황을 내 자식이 겪고 있다면 난 어떻게 말할 것인지 생각해보자. '그래, 버림받으면 안 되니까 그냥 계속 참아'라고 할 텐가 아니면 '관계가 끊어지고 소외될까 봐 두려운 마음이 있구나. 그럴만해. 참 속상하겠구나.' 이렇게 충분히 공감과 이해를 해준 후에, 어떻게 하고 싶은지, 앞으로 어떻게 하면 좋을지 대화로 풀어볼 텐가? 독신주의라서 자식을 상상해도 잘 와닿지 않는다면, 어린 시절 자기 사진을 꺼내서 물어보자. '만약에 이 아이의 상황이라면?' 이 연습은 나에게 엄청난 효과가 있었다. 그리고 실제로 나와 상담하고, 클래스에 온 수강생들에게도 큰 변화가 생겼다. 자기 자신을 드디어 가장 소중한 존재로 인정하고 행동하기 시작한 것이다. 자신을 객관적으로 볼 수 있는 동시에 소중한 시선으로 보면 무엇이 가장 자신을 위한 것인지 명확해지고 스스로 판단할 힘을 갖게 된다.

남의 연애에는 조언을 잘해주면서, 정작 본인 연애에는 복잡하게 생각하는 것도 이 때문이다. 바로 객관성의 문제이다. 그러니 자신을 위해 조금 거리를 두고, 자기 자신을 보호자의 눈으로 보고 대하자. 그러면 많은 것들이 명확해질 것이다.

내 자식이라면? 내 자식이 이 상황이라면? 내 자식에게 고민이 있다면? 내 자식이 내게 조언을 구한다면 난 뭐라고 답할 것인가?

1. 그동안 내가 추구한 가치와 노력은 무엇을 위한 것인가?

2. 진정 자신을 위한 것이 있는지 묻고, 아닌 것들을 정리해보자.

3. 인정하기. 그럴 수밖에 없었던 나 자신을 인정하는 글을 써보자.

4. 결정하기. 어떤 결정을 할 것인지 직접 써보자.

5. 진정으로 원하는 것 찾기.

5-1. '이렇게 절대 살고 싶지 않다'고 생각하는 것을 써보고 정반대의 삶도 찾아
    보자.

5-2. 결과, 성과, 평가와 상관없이 시간을 내서 하고 싶은 것은?
　　- 아주 사소한 것들이어도 좋다. 나는 누군가의 고민을 들어주고 수다
　　떠는 것을 오래전부터 했는데, 그것이 지금의 내 일로 이어졌다.

5-3. 나의 소소한 성취 리스트를 써보자.

5-4. 날 위해 무엇과 거리를 둬야 할까?
  – 나는 SNS, 부정적인 언행을 하는 사람들의 모임에 나가지 않았다.

6. 내 자식이라면?
  – 나를 내 자식이라고 생각하거나
   가장 소중한 친구로 생각하며 글을 써보자.

   이 세상에서 제일 사랑하는, 소중한 이 존재가
   어떻게 살길 바라는가?
   무엇을 했으면 좋겠는가?
   무슨 말을 해주고 싶은가?
   그 존재는 내게 무슨 말을 듣고 싶어 할까?

좋은 사람 포기 선언

나와 당신, 우리는 모두 타인의 기대에 부응할 이유가 없다. 이를 인정하자. 기대에 부응하고 싶은 마음에 경직되고 힘들다면 차라리 누군가를 일찍 실망시킨다면 마음이 편해질 수 있다. 좋은 사람이란 뭘까 한번 생각해보자. 각자 정의가 다르겠지만, 여기서 말하고자 하는 '좋은 사람 포기 선언'은, 오로지 타인에게 좋은 사람이 되기 위해서 자신을 혹사시켜가며 지나치게 애쓰는 행위를 포기하는 것이다. 나아가 모두에게 사랑받고자 나를 방치하는 행위를 하나씩 내려놓는 것이다. 애초에 모든 이에게 사랑받는 건 불가능하다. 스스로 인식하지 못하는 경우가 많으니 깊게 생각해보면 행동의 동기를 알 수 있을 것이다. 이런 행동을 할 때, 남들에게 좋은 사람이 되고 싶다, 욕을 먹고 싶지 않다는 두려움에 원인이 있지는 않나 질문해보자.

- 내키지 않는 상대방의 부탁을 들어준다. 거절을 못 한다.
- 기분 나쁜 상황도 억지로 웃으며 넘기려 한다.
- 하고 싶은 말이 있는데 날 안 좋게 볼까 봐, 오해가 생길까 봐, 불편해질까 봐 참는다. 겉으로는 '상대방 기분이 나쁠까 봐'라는 이유로 정당화한다.
- 도움 주기를 자처하며 타인이 나를 얼마나 필요로 하는가로 자신의 가치를 확인하고 싶어 한다.
- 불편한 상황이 생겼을 때 내 감정보다 타인의 감정을 생각하고 이해하려 한다.
- 나에게 상처가 된 상황인데도 상대에게 그럴만한 이유가 있으리라 예단하고 자신을 꾸짖는다.
- 내 코가 석 자인데 남부터 챙긴다.
- 보여주기식 봉사, 양보, 친절, 칭찬과 같은 행동을 한다.
- 좋은 사람이라는 평가에 안도감을 느낀다.
- 상대방의 말투, 표정, 기분에 지나칠 정도로 신경 쓰고 눈치 본다.
- 가끔 필요 없는 조언을 하며, 그것이 상대를 돕는다고 생각한다.
- 상대가 내게 바라는 모습에 끼워 맞추려 애쓴다.
- 남들이 나에게 실망할까 봐 불안해한다.

이렇게 하지 않으면 날 안 좋게 보겠지, 이렇게 해야 날 좋게 보겠지라는 생각이 깔려있지 않은지 물어보자. 모든 것을 일반화할 수는 없다. 다시 말하지만, 행동의 핵심 동기가 남들에게 비치는 내 모습에 초점이 맞춰진 건 아닌지 확인해보자는 것이다.

그런데 여기서 생각해볼 문제가 있다. 이런 행동을 하는 사람이 과연 좋은 사람일까? 타인에게 그럴싸해 보일지 몰라도 자기 자신에게 좋은 사람이 아니다. 사람은 자신을 사랑하는 것 이상으로 타인을 사랑할 수 없고 자신을 배려하는 것 이상으로 타인에게 진실로 배려할 수 없다. 자신이 가지지 않은 걸 어떻게 주겠는가? 자신을 억누르는데 타인을 위하고, 자신을 방치하는데 타인에게 좋은 사람이란 소리를 듣는 사람이 정말 좋은 사람일까? 내가 나 자신에게 좋은 사람이 아니라면 타인에게 좋은 사람이라고 인정받는 것이 무슨 소용일까?

이것은 가치를 증명하지 않으면 가치가 없다고 여기고 있음을 의미한다. 인정욕구를 채우기 위해 자신을 억누르는 것뿐이다. 내가 당신에게 이렇게 할 테니 날 좋게 봐주고, 좋은 사람으로 알아달라는 것이다.

그렇다고 타인에게 좋은 사람이 되기 위해 노력하는 것이 반드시 나쁘다는 건 아니다. 인정욕구는 당연하지만, 타인에게 인정받기 위해 좋은 사람이 되기를 포기하라는 이유는, 그 노력이 자신을 갉아먹기 때문이다. 행복과 뿌듯함이라 착각하지만 쉽게 피로를 느낄 수밖에 없고 그걸 직시하는 건 시간문제다. 자신에게 좋은 사람이 되지 못하면서 타인에게만 좋은 사람이라면 그게 언제든 깨진 항아리에 물 붓기처럼 채워지지 않는 공허함만이 몰려올 것이다.

그럼 '좋은 사람'이란 누구일까? 스스로에게 좋은 사람이다. 그럼 이기적이지 않냐는 질문을 자주 받는데, 자기 자신에게 진정으로 좋은 사람이 될 때 비로소 타인에게도 좋은 사람이 될 수 있다. 그것도 아주 자연스럽고 억지로 하지 않아도 가능해진다. '좋은 사람'이라는 타인의 평가로부터 자유로워졌는데도 말이다. 자신에게 관대하고 친절하니까 저절로 타인에게도 그렇게 된다. 깨지지 않은 항아리에 사랑이라는 물을 붓기 때문에 차고 넘쳐흐르고 더 이상 공허하지 않다.

'자기 자신에게 좋은 사람'이란 이기적이고 자신밖에 모르고, 본인이 제일 잘난 줄 알고 독선적인 사람과 거리가 멀다. 이런 태도는 스스로 좋은 사람이라기보다 경계하는 심리에서 비롯된 방어 기제다. 다치지 않기 위해 보호막을 쳐놓고 타인을 경계하고 자기 자신을 보호하고 챙기며, 우월감에 감춰진 열등감과 두려움이 숨어있는 아픈 마음이다.

자기 자신에게 좋은 사람이란, 자기 자신을 있는 그대로 받아들이고, 친절하며, 너그러운 사람이다. 자신을 부정하거나 외면하지 않으니 자신과의 관계가 매끄럽고 자연히 타인과의 관계도 문제가 없다. 우린 타인과의 관계에서 안정감을 찾으려 애쓰지만 사실 자기 자신과의 관계에서 먼저 편안함을 느껴야 한다. 사람마다 다르지만, 자기 자신에게 좋은 사람의 특징은 대체로 다음과 같다.

    — 자신이 삶의 주인공이라는 사실을 잘 알고 있다. 조연처럼 굴

지 않는다.

- 꼭 무언가를 하지 않아도, 존재 자체로 자신이 가치 있음을 안다.
- 자신을 함부로 평가하지 않는다. 너무 높이지도 낮추지도 않는다. 타인에게도 같은 식으로 행동한다.
- 자신을 받아들인다. 자신이 어떤 모습이든 그냥 자신의 일부로 인정한다.
- 매사에 자신에게 이로운 방향으로 선택하려고 한다.
- 정신과 육체의 건강에 신경 쓴다.
- 자신에게 무리한 걸 요구하지 않는다.
- 자신의 감정에 귀 기울인다.
- 자신에게 친절하고 너그럽다.
- 자신과의 약속을 잘 지키기 위해 노력한다.
- 자신에게 좋은 영향을 주는 환경을 최대한 많이 만든다.
- 타인에게 바라지 않고 자기 자신이 먼저 한다.
- 타인이 아닌 자기 자신에게 행동의 동기가 있다.
- 스스로 만족할 줄 안다.
- 자신을 위한 것이 무엇인지 잘 안다.
- 자신을 위로하고 공감할 줄 안다.
- 자신의 마음이 편한지 아닌지 항상 귀 기울이고 자신부터 보살핀다.
- 자신을 어떤 식으로든 억누르거나 억압하지 않는다.

사람마다 자신을 소중히 대하는 방식은 저마다 조금씩 다르지만 주로 이러한 특징을 가지고 있다. 자신에게 질문해보자. 나 자신을 사랑한다면 어떤 선택을 할 것인가? 어떤 하루를 보낼 것인가? 어떤 말을 하고 생각을 할 것인가? 어떤 행동을 할 것인가?

타인에게만 좋은 사람이 되기 위해 애쓰며 사는 삶을 과감히 포기하자. 과거의 나를 비난하지도 자책하지도 말고, 지나치게 짠하게 보지도 말고, 그저 그때의 내게는 그것이 맞았기에 그랬다고 생각하고 방향을 틀자.

타인에게 좋은 사람이 되기 위한 욕구의 뿌리는 사랑받고 싶고 인정받고 싶은 것이었으니 그걸 인정하고 이제부터는 자신에게 먼저 해주자. 포기하는 대신에 자기 자신에게 먼저 좋은 사람이 되기 위해 노력하겠다고 다짐하자. 그때부터 비로소 자연의 순리대로 흘러갈 것이다. 좋은 엄마, 아빠, 딸, 아들, 동생, 언니, 형, 선생님, 친구 등 수많은 '좋은 역할'이 되기 위해 자신을 억누르고, 포기하고, 감정을 속이고, 상대를 위해 희생하고 지나치게 맞출 필요가 없다. 스스로 좋은 사람일 수 있어서 자연스럽게 주변 사람들에게도 좋은 사람이 되는 것이다. 그렇게 된다면 타인에게 무언가를 해주고도 희생이라 여기지 않을 것이며, 예상치 못한 타인과의 마찰에서 '내가 너한테 어떻게 했는데, 네가 나에게 이러냐?'며 대가가 없어 실망하고 원망하며 상대에게 부담을 주고 혼자 서운해하는 일도 점차 사라질 것이다.

내가 그토록 갈망하는 것들은 바깥이 아니라 안에서 찾을 수 있다. 나부터 챙겨야 하는 이유는, 그래야 모든 것이 사랑으로 돌아가기 때문이며 나 자신의 뿌리가 튼튼해야 주변 환경과도 건강하고 편하게 어울릴 수 있다. 자신을 잘 챙기고 스스로 친절하고 자신을 잘 돌볼수록 주변 사람과 편한 관계를 유지할 수 있다. 결국, 그토록 원하던 타인에게 좋은 사람이 되기 위한 유일한 방법은 자기 자신에게 먼저 좋은 사람이 되는 것이다.

평소에 자신에게 자주 질문하자.

"기분이 어떤가?"

"그 선택이 정말 날 위한 것일까?"

"내가 진정으로 원하고 있나?"

"내 마음이 지금 편한가?"

"이 행동의 동기는 나로부터 시작된 것일까?"

"지금의 나에게 친절한가?"

내가 나를 어떻게 대해야 하는지 정리하는 시간을 가져보자.
아는 것과 하는 것은 다르다. 정리되었다면 실행하자.

1. 나에게 좋은 사람이 되기 위해 지금 당장 해야 할 일은?

2. 내게 좋은 사람이 되기 위해 지금 당장 그만둬야 하는 것은?

저항은 기본이고 완벽한 롤 모델은 없다

인간의 뇌는 반복된 행동, 즉 익숙한 행동에 대해서는 저항을 하지 않지만 새로운 것을 접하면 거부감을 나타낸다. 하지만 계속 새로운 행동을 반복하게 되면 뇌에 새로운 회로 즉 시냅스가 형성되는데, 우리 뇌가 이러한 새 회로를 형성하는 데 걸리는 시간이 최소 21일이다.

— 『성공의 법칙』, 맥스웰 몰츠 박사

삶에 새로운 변화를 주려고 할 때, 누구나 예전으로 다시 돌아가려고 했던 적이 있을 것이다. 변화에서 이런 저항은 매우 당연하다. 그것은 당신이 게을러서도 변하지 못해서도 아니다. 뇌에서 익숙하지 않은 행동에 대한 저항이 일어나기 때문이다. 그러니까 내가 삶에 변화를 주려고 할 때 일어나는 저항은 '기본'으로 받아들이는 편이 좋다. 자신을 탓할 필요가 없다.

아마도 단단히 결심했을 수 있다. '그래, 이제 나부터 챙길래! 날 소중히 대해주겠어! 나를 있는 그대로 받아들이겠어!' 하지만 어김없이 저항이 생기고 온갖 속삭임이 방해를 한다. '네가 이런다고 달라지겠어?', '불안하지 않아?', '할 수 없을 거야. 사람 쉽게 안 변해!', '그냥 살던 대로 살아.' 이런 소리가 들릴 수 있고 생각이나 행동도 예전 습관으로 돌아갈 수 있다. 지나치게 눈치 보고 불안해하거나 자신을 소홀하게 대하게 되며 변화하는 중에 어김없이 방해꾼들이 생긴다. 그들은 당신의 변화가 어색하고 불편한 사람들로 가족이나 친구나 동료일 수도 있다. 그들이 함부로 조언할 수도 있고 비아냥거릴 수도 있어 자신도 모르게 포기하고 싶어진다. 그냥 좀 더 행복하고 나 좀 챙겨보겠다고 변하려는 건데, 정말이지 나한테 왜 이러는 건가 싶은 순간들과 마주할 수도 있다. 동시에 이런 변화에 대해 축복받고 응원해주는 덕에 힘이 생길 수 있다. 하지만 내 삶을 변화시키려면 내 의지가 가장 중요하다. 흔들릴 때는 그런 자신을 알아차리고 다시 자신만의 길을 걷자. 무너지거나 포기하지 말자. 바람이 부는 게 문제가 아니라 바람에 휩쓸리는 게 문제니 그냥 지나치자.

사람은 원래 살던 대로 사는 게 편하다. 익숙하기 때문이다. 변화에는 큰 노력과 에너지가 따르고 편하지 않다. 그래서 불행에 익숙해 갑자기 찾아온 행복에 오히려 불안하고 불편함을 느끼는 사람들도 많다. 씁쓸하지만 그 정도로 사람은 익숙한 것에 편안함을 느낀다. 그렇다고 미리 겁먹을 필요는 없다. 저항이 올라올 때면

'그래, 왔구나. 그래 내가 평생 살아온 것과 다른 방식으로 살려고 하는데 네가 안 오면 이상하지' 하면서 덤덤하게 받아들이고 할 일을 마치자. 원래 따라오는 저항에 이기고 말고 할 것도 없다. 그저 그 순간이 지나가길 기다리자.

그리고 자신의 롤 모델과 자신을 비교하는 것을 경계하자. 상담하다 보면 롤 모델이 누군데 그분이 이렇게 하는 게 좋다고 했는데 전 어려워요, 혹은 그분은 그 경지까지 올랐는데 전 언제쯤 그렇게 될까요 하는 분들이 의외로 많다. 성공 방법을 소개하는 책의 경우 본보기가 있으면 좋다고 한다. 하지만 자기 사랑에서만큼은 아니라고 나는 생각한다. 자신을 사랑하기 위해 노력하다 보면 관련 책, 커뮤니티, 강연, 콘텐츠에 관심이 생길 수 있고 닮고 싶은 사람을 스승으로 삼거나 롤 모델로 삼게 될 수도 있다. 사실 이 과정에서는 롤 모델과 자신을 비교하는 건 또 다른 학대로까지 이어질 수 있다. 우리가 도달해야 할 목적지는 그 사람이 아니라 자기 자신일 뿐인데 말이다.

물론 모든 사람에게는 배울 점이 있으며, 롤 모델에게 좋은 영향만 받는다면 아무런 문제가 없다. 하지만 롤 모델이 생기면 그를 통해 좋은 점을 배우고 영향을 받는 걸 넘어서, 난 왜 저렇게 안 되지, 언제 저렇게 되지 하면서 비교하기 쉽다. 마음이 많이 무너져있는 상태에서는 특히 더 그렇다. 사람들은 각자의 방법과 자신만의 경험으로 답을 찾을 뿐이다.

롤 모델인 사람의 말을 참고는 하되 나와 비교는 하지 말자. 조급해하지 말고 다른 사람들로부터 배울 수 있는 건 배우자. 하지만 마치 자기 사랑의 달인처럼 보이는 사람의 말이 진리이고 답인 양, 지금의 자신과 비교하지 말자. 단 한 명에게서 답을 구하고자 한다면 오류가 생길 수 있으므로 모든 사람에게서 배움을 얻자. 맹신은 위험하고 추종은 자신을 잃게 만든다. 차라리 다양한 멘토로부터 여러 가지 방법을 배워보자. 그들의 조언을 참고는 하되 답은 직접 찾자. 이미 답은 당신 내면에 있다.

그 사람과 당신은 다른 사람이다. 그 사람도 태어나서 처음 살아보는 인생이다. 당신에게는 당신 자신이 최고의 롤 모델이며 당신만의 버전이 따로 있다. 저 사람처럼 살고 싶다고 소망하는 대신, 나 자신의 삶에 충실하자. 누구처럼 사는 게 중요한 게 아니라 자신으로 사는 게 중요하다. 바깥에는 진리를 향한 사다리나 자신의 삶을 구원해줄 동아줄도 없다. 답은 오직 자신의 내면에 존재하며 나머지는 거울일 뿐이다.

1. 평소 롤 모델로 삼을 정도로 호감이 가는 사람이 있다면, 그 사람의 어느 부분을 닮고 싶은지 써보자. (자신의 욕구 이해하기)

2. 이미 원하는 삶을 살고 있는 내 모습을 구체적으로 떠올려 보고, 그 모습으로 살아가는 미래의 내가 현재의 나에게 어떤 조언을 해줄지 써보자.

2장

생각과 감정으로부터
자유를 외치다

'부정적'이라는 새까만 괴물의 정체

원래 인간의 뇌는 부정적 정보를 민감하게 처리하도록 발달했다는 말을 들어본 적이 있는가? 쉬운 예로 원시시대로 돌아가 보자. 저 멀리서 알 수 없는 이상한 형체가 보이고 괴이한 소리가 들린다. 어떤 부족은 그저 호기심을 가지고 쳐다보고만 있는데 다른 부족은 일단 경계를 하고, 도망가거나 싸울 준비를 한다. 어느 쪽이 생존율이 높았을까? 당연히 후자이다. 상황을 부정적으로 해석하고 예민하게 받아들일수록 생존율이 높다. 생존을 가장 중요하게 여기기에 이렇게 발달한 것이다. 물론 현대사회에서는 예전에 비해 생존 걱정을 해야 하는 위험에 노출되어 있지 않다. 하지만 여전히 나의 생존을 가장 우선순위에 두고 있기에 부정적으로 생각하는 경우들이 발생하곤 한다. 불안함, 두려움이란 신호가 없으면 자기 자신을 지키지 못한다. 결국 이 신호는 나쁘고 약한 것이 아니라 자신을 보호하기 위한 것이다.

만약 늦은 밤 집에 혼자 있는데 누군가 문을 두드린다고 상상해보자. 이때는 누구나 본능적으로 경계하며 우선 누군지 물어본 다음에 문을 열어주게 된다. 아는 사람일 거라는 생각보다는 두려운 생각과 경계심이 먼저 생긴다. 이것은 자신을 보호하기 위해서이며 부정적으로 이 상황을 해석해야 나를 지킬 수 있기 때문이다. 꼭 이런 극단적인 경우들이 아니더라도 수없이 올라오는 부정적인 생각이나 감정들을 살펴보면 자신을 보호하려는 본능이 뿌리 깊게 자리 하고 있다.

다시 생각해보면 불안하고 두려워하는 것 자체가 내가 안전함을 못 느껴서가 아닐까? 이 사실은 매우 중요한 열쇠가 된다. 꼬이고, 못나고, 나쁘고, 어두운 사람이라서 부정적이고 예민하게 받아들이는 게 아니다. 흔히들 긍정적인 것은 찬양하면서, 부정적인 사고에 대해서는 굉장히 억누르고 외면하는 경향이 있다. '안 좋은 것'이라고 규정해놓고, 일단은 피하고 억누르려고 한다.

하지만 부정적인 반응은 자연스러운 것이라는 사실만으로, 우리가 무언가를 부정적으로 판단할 때 '난 왜 이렇게 꼬이고 부정적이고 예민한 거야?'라는 질책을 멈출 수 있다. 부정적인 사고는 스스로 안전하지 않다고 느껴서 생존 신호가 켜지는 순간이기 때문에, 억누르거나 외면할 게 아니라 오히려 이를 이해해주고 받아들이고 지나가게 기다려줘야 한다. 부정적인 사고 자체를 억지로 교정하지 말고 이를 이해하고, 받아들여야 한다. 날 덮치는 새까만 괴물인 줄 알았던 '부정적인 감정'이라는 존재가, 사실은 아주 사소한 경우에도 날 위험으로부터 지키려고 저렇게 애를 쓰고 있다고 생각하니 어쩐지 귀엽고 짠하지 않은가?

부정적 판단의 속내를 잘 들여다보면 이런 식의 해석을 확인할 수 있다. '난 안전하지 않아. 난 버림받을지도 몰라. 날 외면하면 어떡해. 날 무시한 거 같아. 내게 좋은 걸 줄 리 없어. 경계하자. 날 좋아할 리 없어. 불안해. 무서워. 두려워. 날 미워하는 거 같아. 안 좋은 일이 닥칠 것 같아. 마음이 편해지고 싶어. 한 번 더 의심하자. 조심하자. 내가 잘 해낼 리 없어. 그냥 안전하게 가만히 있자. 아무것도 하지 말자. 위험하니까 시도하지 말자. 다치면 어떡해?'

이외에도 여러 목소리가 들릴 것이다. 이런 생각이 들 수 있고 내가 불안하고 두려울 수 있다는 사실을 인정하자. 그 감정 자체가 잘못된 감정, 느끼면 안 되는 감정이라서 고통스러운 게 아니라 내가 그 감정들을 느끼기 싫고 저항하고 싶은 마음 때문에 받아들이기 힘든 것이다. 어떠한 감정이든 갑자기 올라올 수 있으므로 느껴도 된다고 허용하고 제대로 느낀다면 반드시 지나간다. 먼저 자신에게 어떤 감정이든 느껴도 좋다고 허용하자. 그다음에 그 감정을 고스란히 느끼자. 감정을 느끼는 동안 눈물과 기침이 나고, 몸이 떨리고 열이 오르는 신체 이상 반응이 일어날 수도 있다. 몸이 있어야 감정을 느낄 수 있으므로 감정을 느끼고 그 감정이 해소되는 동안 다양한 신체 반응이 동반되는 것은 자연스런 현상이다. 내게 찾아온 감정을 무시하고 억누르고 피하려고 하지 말고 인정하고 받아들이고 느끼고 해소하자. 충분히 인정받은 감정은 더 이상 큰 폭풍을 몰고 오지 않을 것이다. 작은 불씨일 때 끌 수 있는 것을 마주하는 게 두려워 외면하면 큰 화재가 되지 않는가? 감정도 마찬가지다. 새까만 괴물이 아니라 나를 지키려는 작은 겁쟁이니까 알아차리고 허용하고, 안전하다는 사실을 자신에게 일러주면 그만이다. 속은 타는데 겉으로 괜찮은 척할 게 아니라 차라리 울어버리자. 울고 나서 느끼는 절대 평온과 후련함을 느껴본 적이 있다면 감정을 온전히 느끼고 해소한 자리에 거센 파도가 아닌 잔잔한 파도가 남는다는 사실을 알 것이다.

Mission

* 시원하게 속에 있던 생각을 쏟아내 버리고 다음 장으로 넘어가자.
자신이 가장 두려워서 보지 못했던 곳에 당신이 찾던 열쇠가 있다.
본격적인 시작에 앞서 자신의 감정을 있는 그대로 솔직하게 작성해보는
시간을 가져보자.
잔인하고, 음침하고, 어두워도 상관없다.

필요도 없는 산타의 선물에 모두 속았다

"여러분 울면 안 돼~ 울면 안 돼~ 산타할아버지가 우는 아
이에겐 선물을 안 주신대요. 이 노래 아시죠? 이 노래 너무
이상하지 않아요? 아무리 생각해도 금지해야 하는 노래 같아
요."

수업을 할 때, 내가 이렇게 말하면 다들 어이없어 하며 웃는다.
하지만 설명이 끝나면 웃음이 사라진다. 어린 시절 우리는 이 노래
가 이상하다고 생각하지 않고 흥얼거렸다. 세뇌란 얼마나 무서운
가? 당연하다는 건 얼마나 무서운가? 그동안 이 노래에서 이상함
을 느끼지 못한 환경에서 자랐다는 소리다. 요즘엔 울어도 사랑받
을 수 있다는 식으로 가사를 바꾼 동요들이 나오는 흐름이라 내심
기쁘다. 드디어 눈에 보이지도 손에 잡히지도 않아서 그동안 쉽게
터부시한 '감정'을 인정해야 한다며 목소리를 내는 흐름이다.

우는 건 자연스러운 현상이다. 이유 없는 눈물은 없다. 슬프거나, 억울하거나, 답답하거나, 속상하거나, 여러 가지 이유로 눈물이 난다. 하지만 어린 시절 실컷 울라는 말을 들은 어린아이가 몇이나 됐을까? 왜 우는지 들어주고, 마음껏 울었던 어린아이가 몇이나 있을까? 앞서 말했듯이, 어린 시절 우리에게 부모란 생존 결정권을 가진 절대적인 존재였고 세상이었다. 아이는 교육을 받는 입장이며, 부모의 말에 의문을 품기보다는 하나의 질서로 받아들이게 된다. 그렇게 자신의 세계에 규칙과 질서와 여러 가지 관념들이 만들어지는 것이다. 아이가 울어도 실컷 울게 하지 않는다. 아이가 우는 데 이유가 있듯, 부모가 그치게 하는 데도 분명 이유가 있다. 하지만 아이는 이런 식으로 받아들인다. 어떤 이유가 있어서 아이는 눈물을 흘린다. 이 마음을 부모가 알아주고 인정해주면 해소되어 지나가는 감정이므로 아이를 달래준다. 하지만 아이는 충분히 달래주지 않았다고 생각되어 계속 운다. 부모는 소리를 지르고 화를 낸다. 남들 앞에서 우는 건 용감하지 않고 창피한 행동이라며 혼내고 얼른 뚝 그치라며 다그친다. 서러운 아이는 더 울거나, 뚝 그치려고 하거나, 어떠한 반응을 보인다. 그리고 인식한다. '내가 우는 걸 부모님은 싫어하는구나. 우는 건 잘못됐구나. 남들 앞에서 우는 걸 보여주는 건 창피한 거구나. 숨겨야 하는구나.' 자라면서 이 패턴에 익숙한 사람이 정말 많았고, 이 책을 읽는 독자 중에서도 꽤 많을 것이다.

감정은 타인이 판단할 대상이 아니다. 우리는 그동안 속았으며 이제 알아야 한다. 울면 산타가 선물을 주지 않는다는 말을 싱겁게 웃으며 넘길 일이 아니다. 울지 않아야 된다고 말하는 산타가 어디 썰매를 끄는 산타뿐이겠는가.

울면 산타가 선물을 주지 않는다는 것은 내 감정을 드러내면 나라는 사람은 가치를 인정받지 못한다는 두려움을 건드린다. 그동안 우리는 어떤 두려움을 먹고 자랐는가.

지금까지 들어온 '울지 않아야 씩씩한 어린이야!', '쟤는 왜 나잇값을 못 하고 저렇게 감정을 드러내?' 등 수치를 주며 꾸준히 감정을 억누르게 만드는 기억 속 목소리들이 귓가에 맴돌지 않는가? 이런 목소리는 감정을 잘 숨기고 억누르는 어른으로 성장하게 하며 감정을 잘 다루려고 노력하는 게 아니라 절대적으로 통제하려고 애쓸 확률이 높다. 숨기지 않고 잘 우는 사람을 보면 불편해할 확률이 높다. 내 감정이 제대로 받아들여진 적이 없으면 타인을 받아들일 수 없다. 누군가 우는 모습이 불편하다면, 내 눈물이 불편하기 때문이다.

너무 참고 참아서 감정이 잘 안 느껴지게 된 사례도 적지 않다. 울면 안 돼, 좌절하면 안 돼, 슬퍼하면 안 돼. 우울해하면 안 돼, 두려워하면 안 돼, 불안해하면 안 된다는 말을 당장 그만두자. 울면 남들이 무시하고 창피하며, 어차피 받아들여지지 못한다는 감정은 잘못된 생각이다. 내가 예민해서 운다고 스스로 부정하는 것을 멈추자.

그리고 어린 시절 나와 지금의 나에게 말해주자. 펑펑 울고 싶은

데 혼날까 봐 실컷 울지 못했지? 그래서 지금도 그런 거지? 얼마나 답답했어? 실컷 울어도 돼. 우는 건 창피한 게 아니야. 이상한 게 아니야. 자연스러운 거야. 뭐가 그렇게 속상했어? 이젠 내가 들어 줄게. 얼마나 울고 싶었니? 내가 기다려줄게.

한 번도 받아들여지지도 해소되지도 못했던 감정들이라서 불쑥 불쑥 올라올 때마다 어색하고 혼란스러웠지? 스스로 비정상이라 여기고 답답했을 텐데 얼마나 힘들었니. 어떤 감정이든 상관없이 받아들여져야 마땅해. 그걸 내가 앞으로 해줄게.

감정을 잘 참고 누르는 것이 어른스러운 모습이라는 착각에서 벗어나야 한다. 감정을 억누르고 외면한다고 절대 그 감정이 사라지지 않는다. 해소되지 못한 감정은 마음속에 남아서 언젠가는 표출된다. 결국에는 고이고 썩어서 신체의 병으로 나타나기도 한다. 오랜 시간 감정을 억눌러 왔다면 실컷 느껴보자. 알아차리면 빨리 인정해주고 받아들여야 한다. 이렇게 하나씩 해소해야 한다. 그것은 물과 같아 고이면 썩고 악취를 풍긴다. 따라서 흘러가게 둬야 한다. 흘러가게 두려면 먼저 내게 와도 된다는 사실을 인정하고 허락해야 한다. 사랑받고 싶고 인정받고 싶어 하는 착한 아이 콤플렉스의 원인도 마찬가지다. 울고, 떼쓰고, 화내고, 소리 지르고, 좌절하고, 힘들어하는 '나' 대신에, 용감하고, 잘 웃고, 밝고, 양보 잘하고, 잘 참고, 아주 착한 '나'를 드러냈을 때에만 인정받고 사랑받았다면 전자의 나를 누르고 후자의 나만 꺼내며 산 것이다. 그것이 어른스럽다고 배우고 착한 행동이라고 착각하면서 살아온 것이다.

하지만 힘든 '나'의 존재는 사라지지 않고, 마음이란 방에 자리를 잡고 오랜 시간 방치된다. 왜 나에게 착한 아이 콤플렉스가 있지라는 의문에, 사랑받고 인정받고 싶다는 그 대답 안에 무엇이 숨어있는지 자세히 살펴보자. 정반대의 모습을 보였을 때, 내게 실망하고, 나를 미워하고, 외면당할까 봐 두렵고 불안해하는 마음을 발견하자. 그리고 손을 꼭 잡아주고 말해주자. '좋은 모습을 보여줘야 사랑받을 수 있다고 믿어온 거지? 좋지 않은 모습을 드러냈을 때, 사람들이 떠날까 봐, 널 싫어할까 봐, 실망할까 봐 매우 두려웠구나. 그래서 늘 착한 모습, 밝은 모습만 보여주며 사는 게 습관이 되었구나. 하지만 어떤 모습이든 전부 다 너란다. 어느 것 하나 이상할 게 없어. 내가 인정하고 이해해줄게. 정말 괜찮아. 지금까지 계속 좋은 모습만 보여줘야 한다고 압박해서 미안해. 남들 눈치 보느라 돌보지 못해서 미안해. 실컷 울고 싶었을 텐데 채찍질만 하고 아프게 해서 미안해. 남들에게 좋은 사람으로 기억에 남고 싶어서 혹독하게 굴어서 정말 미안해. 이 세상에서 가장 소중한 사람은 넌데, 그걸 자꾸 잊어서 미안해. 이제 어떤 감정이 올라오거나 어떤 모습이 나오든, 다 네 일부라고 인정하고 이해하고 보듬고 외면하지 않을게. 언제나 곁에 있을게!' 예전의 나에게 돌아가서 이렇게 외쳐주자.

"울면 안 돼. 산타할아버지가 선물을 안 주거든. 잘 참고 뚝
그쳐야 용감한 어린이야. 그래야 사랑받아. 너의 좋지 않은

모습을 드러낸다면 사람들이 널 싫어할 거야. 착하게 크렴."
이라고 세상이 말을 한다면, "실컷 울고, 산타 선물은 받지 않
을래요. 사랑받지 못하더라도, 자유롭게 살래요. 내가 먼저
사랑할래요. 잘 참고 뚝 그쳐야 용감한 아이가 아니라 그냥
울 수 있어야 용감한 아이에요. 난 좋은 점수 받으려고, 남들
한테 착하려고 태어난 게 아니에요. 나 자신에게 먼저 다정하
고 착하게 대할 거예요. 선물은 필요 없어요. 그건 선물이 아
니라 협박이에요. 다시는 속지 않겠어요. 내가 바로 선물이에
요. 보상은 됐어요."

여기서 산타의 선물이란, 내가 내 감정을 억누르고 착한 면을 드
러냈을 때 받을 수 있는 타인의 사랑과 인정이다. 그러니 그깟 게
중요한 게 아니라 나 자신이 중요하다는 선언을 하고 넘어가자. 이
제 울고, 화내고, 속상해하고, 좌절하고, 두려워하고, 슬퍼해도 된
다고. 그건 자연스러운 행동이니 마음껏 그대로 느껴도 된다고, 정
말로 괜찮다고 먼저 허락하자. 나 이외에 다른 사람의 허락은 더
이상 필요 없다.

1. 평소에 억누르고, 외면했던 감정이 있다면 어떤 감정인지 써보자.

2. 감정을 억누른 이유를 찾아보자. 최대한 어린 시절의 기억을 떠올려 보자.

3. 감정을 외면하고 억누를 수밖에 없었던 자신에게 지금 하고 싶은 말을 써보자.

어떤 감정이든 그럴 수 있다

　평생 자신의 감정을 억누르거나 통제하려고만 했던 사람이라면, 본인의 감정을 있는 그대로 허용하고 받아들이기가 쉽지 않다. 처음엔 어색하고 불편할 수 있다. 어떻게 보면 당연하다. 평생 살아온 방식으로 살지 않고 다르게 살려고 할 때는 저항이 일어나기 때문이다. 하지만 무언가 이상하다는 사실을 알아챘을 것이다. 감정을 제대로 다루지 못하고, 무조건 참고 억누르고 외면했던 지난날은 겉으로 보기에는 그럴듯한 평온을 지켜온 듯이 보일지 몰라도, 언제 터질지 모르는 시한폭탄을 안고 살아온 것이기 때문이다. 우울증이 걸리든 무기력증이 걸리든 몸이 아프든 상관없이 마음에 쌓일 대로 쌓여서 언제 폭발할지 모르는 채로 버텼던 것이다.

　속이 답답하고 몸과 마음에서 신호가 오는 것이다. 평소라면 그냥 넘어갔을 일들에도 계속 화가 나고 눈물이 나기도 한다.

'너 고장 났어. 이대로 가다간 정말 큰일나. 제발 나 좀 봐줘!'라는 소리가 들린다. 자신을 이상하고 예민하게 볼 게 아니라 그렇게 밖에 보지 못했음을 미안하게 여기자. 자신 안에 있는 감정은 그럴 수 있다. 따라서 당신의 감정은 존중받아야 한다. 어떤 감정이든 인정해줘야 한다. 이유 없이 올라오는 감정은 없다. 싫다고, 버겁다고, 외면하고 억눌러도 언젠가는 무조건 터져 나온다. 절대로 사라지지 않으며 괜찮아지지 않는다. 자신의 감정이 옳다는 것은, 외면해온 자신의 감정을 받아들이고 이해하기 위해서지, 그 안에 푹 빠져서 상황을 지나치게 왜곡하기 위해서가 아니다.

영화 〈인사이드 아웃〉에서 이런 모습이 잘 그려지고 있다. 주인공 안에서 다양한 감정들이 캐릭터로 나온다. '기쁨이'라는 캐릭터는 본인의 주인(주인공)이 행복하기만을 바란다. 그래서 분명히 존재하는 다른 감정 중 부정적이라고 여겨지는 감정은 못 나오게 한다. 특히 '슬픔이'가 활동하지 못하게 한다. '기쁨이'는 자신의 주인을 지키는 방식이다. 하지만 '기쁨이'가 그럴수록 여러 상황으로 인해 상처를 받은 주인공은 더 무너져 버린다. 그러다가 '슬픔이'가 활동한다. 주인공이 자신이 힘들고 슬프다는 사실을 인정하고 실컷 울고 쏟아내고 나서야 하나씩 괜찮아지기 시작한다.

어쩌면 우리 모두 그런 경험이 한 번씩은 있었을 것이다. 그것은 감정을 극복하려고 하지 않고 그냥 놓아버리고 엉엉 울면서 점점 개운해지고 후련해지는 경험이다. 감정이 올라오면 바로 인정해야 한다. 미룰 수도 없고 누가 뭐라든 지금 올라오는 내 감정을 인정해야 한다. 이때 도덕적 잣대나 타인의 시선은 중요하지 않다. 자신을 억누르지 말자. 결국에는 조금씩 고장이 나서 곪아 터지게 된다. 무조건 허용해주고 옳은지 그른지 계속 검열하지 말자. 애초에 느껴서는 안 되는 감정이었다면 처음부터 생기지도 않았을 것이다. 존재하는 건 분명 존재할 만한 이유가 있다.

뭐 고작 이런 일로 화가 나. 어른답지 못하고 속 좁게. 그냥 넘어가자.

☞ 화날만한 상황이니까 화난 것이다.

울지 말자. 약해 보이지 말자. 남들이 무시할 게 뻔해. 창피하니까 참아야지.

☞ 울만 하니까 우는 것이다.

너무 불안하고 초조하지만, 남에게 들키면 못나 보이니까 아무 일 없는 척하자.

☞ 불안하고 초조한 건 이상하지 않다. 그럴만하다.

언제든 당신의 감정은 무조건 그럴만한 것이다. 불안함, 분노, 슬픔, 서운함, 억울함, 질투나 열등감 등 어떤 감정을 느끼든 당신의 세계에선 당신이 무조건 맞다. 감정을 외면해도 되는 이유는 없다. 타인과의 관계, 누군가의 시선, 잣대, 평가보다 당신 삶에서는 당신이 가장 소중하고 중요하기 때문이다. 스스로 감정을 인정하고 허용해주면 감정은 알아서 흘러간다. 고여서 썩은 물들이 흐르기 시작한다. '내가 지금 이런 감정을 느끼는구나!' 알아차렸다면, 다음 단계는 '내가 왜 이러지, 이러지 말자, 아 또 이러네, 이 감정을 어떻게 없애지'가 아니라 '느껴도 돼. 그럴 만한 이유가 있어'로 되어야 한다.

바람이 분다. 바람은 어차피 지나갈 것이다. 어떻게 이 바람을 지나가게 할지 고민하지 않아도 된다. 그냥 바람이 왔음을 알고, 인정하고, 느끼면서 지나가게 두면 된다. 이 감정이라는 바람을 인정하지 않고 흘려 보낼 수는 없다. 저항한다면 바람도 지나가지 않고 계속 머물 것이기 때문이다.

만약 억지로 바람을 없애려 한다면, 바람은 당신의 머리카락뿐만 아니라 태풍이 되어 돌아와 거세게 삶을 쥐고 흔들 것이다. 그러니 더 늦기 전에 시작하고, 인정해주고, 하나씩 보듬어주자. 내 감정을 인정해줄 수 있어야 타인의 감정도 진심으로 인정해줄 수 있다. 자기 자신을 대하는 태도가 결국에는 타인을 대하는 태도로 직결된다. 타인에게는 잘하지만 자기 자신에게는 야박하게 군다면, 사실 타인에게 잘하는 이유가 넉넉한 마음에서 나오는 게 아니라 좋은 사람으로 보이고 싶고 인정받고 싶다는 욕구로부터 비롯됐다는 걸 알아야 한다. 조건 없이 상대에게 베풀고, 상대의 감정을 진심으로 이해하고 인정해줄 수 있는 사람은, 오직 스스로 그것이 가능한 사람뿐이다.

또한 내가 감정을 인정하고 느끼는 것은 그 감정에 계속 끌려다니면서 왜곡하고 헤어나오지 못하는 것을 의미하지 않는다. 감정을 오롯이 느껴서 지나가게 두는 것과 그 속에서 헤매는 것은 다르다. 감정을 느끼면서 자신의 신체 반응을 가만히 지켜보면 감정이 흘러간다. 이 훈련에는 명상이 큰 도움이 될 것이다.

다음 선언문을 크게 외치고 가슴에 새기자.

〔선언문〕

무슨 감정을 느끼든 괜찮다. 이유 없는 감정은 없다. 어떤 감정이 찾아오든 무조건 허용한다. 슬퍼도, 우울해도, 불안해도, 두려워해도, 분노를 느껴도 괜찮다. 내가 내 감정을 허용하는 것에 대해 그 누구의 말이나 의견이나 생각은 필요 없다. 그것은 나중 문제이다. 내 인생에서는 내가 가장 소중하다. 내 인생에서 가장 먼저 신경 쓰고 챙겨주고 이해해줘야 할 사람은 다름 아닌 나 자신이다. 감정 자체가 나 자신인 것은 아니다. 하지만 감정은 나의 나침반이다. 감정은 지금 내 상태가 어떤지 말해주는 지표이다. 나는 이것을 억누르거나 외면하지 않겠다. 검열하지도 부정하지도 않겠다. 이 감정이 내게 하려는 말에 귀를 기울이고 말해주겠다. 그래 많이 애썼구나, 참느라 힘들었지? 참 오래도 버텼구나. 너무 늦게 알아차려서 미안해. 이제 내가 다 받아들여 줄테니 실컷 표현해도 괜찮아. 이때 표현이나 느낌은 감정이 올라왔을 때 내가 직면하고 느끼는 것이지 타인에게 쏟아내는 행위가 아님을 인지해야 한다.

이렇게 알아차리고, 인정해주며, 감정을 다룰 수 있게 되면 감정의 노예로 사는 일은 없다. 감정이 나를 마음대로 갖고 놀게 놔두지 않기 때문이다. 어떤 감정이 내게 오든 알아차리고 인정해주고 흘려보낼 수 있다. 10번 시도해서 안 되면 11번 하자. 젓가락질도 제대로 하려면 100번 이상 시도해야 한다. 또한 우리는 걷기 위해 2천 번을 넘어졌으니 못 할 거 없다. 이것은 내 감정이 가는 대로 그냥 아무렇게나 살라는 뜻이 아니다. 스스로 감정을 알아차리고 인정해주고 내버려 두는 연습을 통해, 스스로를 부정하지 않고 감정을 다루는 방법을 익히자는 것이다. 감정이 하는 말에 귀를 기울이고 나를 토닥여주자.

한 여자가 있다. 회사에서 동료들이 다 보는 앞에서 상사에게 크게 혼났다. 사실상 그렇게 큰 잘못도 아닌데 상사의 개인적인 감정에 화풀이를 당한 기분이 든 그녀는 자기 입장을 얘기했는데도 상사는 더 큰 소리로 면박을 줬다. 속상한 그녀는 눈물이 났고, 퇴근길에 자기보다 사회생활을 조금 더 일찍 시작한 친한 친구 2명에게 전화를 건다. 그의 상황을 들은 두 친구는 각기 다른 반응을 보인다.

친구 1 :

"사회생활이라는 게 원래 그래. 조금만 참아. 그냥 편하게 다니려면 네가 맞춰줘. 상사가 그럴 때는 그냥 한 귀로 듣고 한 귀로 흘리면서 죄송한 척하면 돼. 물론 네가 잘못한 건 아니지만, 뭐 어쩌겠어. 그리고 뭐 그런 일로 울고 그러니 애도 아 닌데. 회사 다니면서 앞으로 너한 일들이 얼마나 많을텐데 참을 줄 알아야지."

친구 2 :

"네가 잘못한 게 있어서 그렇게 심각하게 할 말이 있으면 회의실에 불러서 하면 되지, 동료들 앞에서 그렇게 소리 지르다니 진짜 놀랐겠다. 창피하고 너무 황당하지? 내가 다 화나고 속상하네. 정말 내가 너라도 울 거야. 뭐 대단한 일이라고 그렇게 다 보는 앞에서 사람 기를 죽이냐. 그리고 네가 화풀이당한 기분이라면, 도대체 얼마나 심했을까? 내가 다 속상하고 짜증이 나네. 울어도 돼. 울만 하니까 우는 거지. 실컷 쏟고 털어버려."

속상한 일이 있으면 당신은 누구에게 전화를 걸고 싶을까? 친구 1과 친구 2는 각자의 방식대로 우는 친구에게 피드백을 줬다. 누가 옳고 그르다는 게 아니다. 누가 맞는 말을 하는지도 전혀 중요하지 않다. 누구의 말에 마음이 풀렸을까? 그게 핵심이다. 당연히 친구 2이다. 왜 그럴까? 감정을 이해해주고 무조건 편을 들어주고 있기 때문이다. 반면에 친구 1의 말은 현명해 보일지언정 전혀 마음이 풀리게 하지 않는다.

여기서 자기 자신을 친구 1처럼 대하는지 친구 2처럼 대하는지 살펴보자. 올라오는 감정을 억눌러야 하는 이유를 대고 있는지, 내 감정을 있는 그대로 인정해주는지 살펴보자. 나 자신에게 친구 2처럼 해야 한다. 가족이나 연인이나 친구가 내게 그렇게 해주길 바라며 밖에서 위로를 찾지 말고, 스스로 원하는 걸 먼저 해주자. 친구 2처럼 해준다고 당장 큰일이 날까? 오히려 마음속 감정이 진정되면서 상황이 더 분명하게 보일 것이다. 실컷 울고 나서 진정이 되면 차분하게 상황을 돌아볼 수 있다. 부디 자신을 그만 나무라자. 감정을 억누르지 말고 마음이 녹으면 친구 1처럼 상황을 바라봐도 늦지 않다.

〔알고 넘어가자〕

그동안 내 감정을 전혀 인정하지 않고 억눌러왔다면, 일단 감정에 공감하고 먼저 인정해준 다음에 상황을 객관적으로 바라보자. 이는 내 감정에 공감하여 느끼며 해소하는 것이지, 감정을 더 키우고 왜곡시키는 방향으로 나아가는 것이 아님을 기억하자.

Mission

1. 그동안 억누르고 외면했던 감정 중, 불쑥불쑥 올라오는 감정과 그에 대한 기억이 있으면 써보자. 솔직하게 날 것 그대로의 감정을 써보자.

2. 친구 2처럼, 당시의 내 감정의 편에 서서 공감하는 말을 써보자. 반드시 진심으로 작성하자. 나는 내 마음을 절대 속일 수 없다.

3. 내 감정을 외면하지 않고 인정하겠다는 자신만의 선언문을 써보자. 억지로 하지 말고, 마음의 준비가 되고 용기가 생길 때 자신의 감정을 드러내 보자.

불안해도 괜찮아

감정은 그냥 감정일 뿐이다. '부정적인 감정'이라는 딱지를 붙이고, 인정하지 않고 저항하려는 마음이 고통을 키우는 것이다. 항상 느끼고 싶은 감정만 찾아오지는 않는다. 그러니 두렵고, 싫고, 무섭고, 외면하고 싶은 마음이 들 때는 이 감정을 느끼고 지나가게 하자.

물론 감정을 있는 그대로 느낀다는 것은, 감정을 평생 외면하고 살아온 사람에게는 생소하고 어려울 수 있다. 이것은 감정이 내게 찾아왔을 때, 곧바로 다른 행위를 하며 회피하지 않고 있는 그대로 내 신체 변화와 내 머릿속과 마음속의 잡음을 가만히 지켜보는 것이다. 이때 심장이 두근거리고 식은땀이 나고 열이 나고 뜨거운 숨이 느껴지고 몸이 떨릴 수 있다. 또한 순간적으로 온갖 잡생각이 들 수 있는데, 그걸 그냥 느끼는 것이다. 몸을 통해 감정을 느낄 수 있기 때문이다. 감정을 느끼면 나가는 과정에서 신체 반응

은 자연스러운 현상이다. 그 감정을 피하지 않고 똑바로 직면하고
지켜보면 지나가게 된다.

불안을 느낄 때 나는 엄살 좀 떨지 말라며 자신에게 가혹하게
굴었다. 왜 이렇게 겁이 많은지 나 자신이 마음에 들지 않았고 느
끼고 싶은 감정이 아니기에 철저히 비난하고 무시하고 억눌렀다.
전혀 불안해 보이지 않고 안정적이며 당당해 보이는 사람들을 보
며 신기해했다. 그렇게 내가 느끼는 불안과 타인의 불안을 비교했
다. 불안해지면 온통 이 불안을 없애는 것에만 초점을 맞추려고
했다. 하지만 단 한 번도 괜찮아지지 않았고 불안도 사라지지 않
았다. 불안이 사라진 듯 보여도 곧바로 다시 크게 찾아왔다. 불안
과 맞서 싸우면 늘 내가 졌다. 애초에 이길 수 없는 싸움이었다. 내
가 느끼는 감정에 이긴다고 한들, 또 다른 자신은 지는 것이니 애
초에 싸움 자체가 성립이 안 되었다. 그걸 몰랐던 나는 언제나 불
안과 맞서 싸우려 했다.

불안은 내가 안전하지 않다고 느껴서 생기는 감정이다. 따라서
내가 안전하다고 느끼면 불안은 사라진다. 이처럼 안전을 느끼게
해줄 가장 빠른 방법은, '지금 이대로도 괜찮다'는 사실의 인정이
었다. 불안을 느끼는 게 비정상적이고, 안 좋은 것이고, 못났다고
판단하니 괜찮지 않은 것이다. 지금 이 불안함을 느껴도 괜찮고,
당연한 것이니까, 실컷 느껴도 된다고 해주면 더 이상 내가 느끼는
불안이 비정상적으로 느껴지지 않는다. 입으로만 떠들지 말고 온
마음을 다해 진심으로 허용하자. 어떤 감정 때문에 힘들다면, 그

감정이 올라오는 건 그만한 이유가 있고, 당연하고 자연스러운 현상이니 실컷 느껴도 된다고 말해주자.

느끼고 싶지 않은 감정은 원래 습관적으로 외면하고 억누르고 싫어하게 되는데, 그 즉시 그걸 알아차리고 받아들이고 느껴보자. 감정은 그냥 감정일 뿐인데, 내가 좋은 감정과 싫은 감정으로 분리해서 좋은 감정은 오랫동안 느끼려 하고 싫은 감정은 회피하고 억누르는 것이다. 모든 감정은 인정하고 느끼면 지나간다.

몇 년 전 왼쪽 발목이 불편한 상태로 여행을 가서 오른쪽 발목까지 다치니 짜증이 나고 우울했던 적이 있었다. 여행은 즐거워야 하는데 발목이 아파서 여간 불편한 게 아니었다. 난 운이 없고 이번 여행은 망쳤다는 생각에 휩싸여 있는데, 한국에 있던 친한 동생이 내게 말했다. "언니, 아파도 돼. 아프면 안 된다고 생각하니까 더 괴로운 거야. 다쳐도 돼. 그럴 수도 있는 거지. 그리고 우울해도 돼. 여행 갔다고 우울하면 안 된다는 법이 어디 있어. 그냥 어떤 상태든 감정이든 괜찮아." 여행에서 다쳐서 큰일이라는 걱정보다 이 말이 더 위로가 되고 마음이 홀가분하고 편해졌다. 온 마음을 다해 '그래서는 안 된다고 생각한 것들'에서 해방된 기분이었다. 내게 일어난 일을 그냥 받아들이고 여행 자체를 즐긴 것이다.

이 경험은 기존의 틀을 깨는 일이었다. 아픈 건 당연히 나쁘고 운이 없으며, 여행을 가면 무조건 즐거워야 하는데, 다치고 아프고 기분이 상하면 여행을 다 망친 것이라는 생각이 뒤집히는 순간이었다. 그때부터 왜 재수 없게 다쳐서 여행 와서까지 불편하고 우울해하냐는 불평이 조금씩 사라졌다. 아파도 되고, 우울해도 된다고 인정해주고 실컷 울고 나서 발목을 보니 왠지 짠했다. 날 불편하게 하는 발목이 짜증스럽고 싫었는데, 나중엔 미안하고 고마웠다. 내가 조심하지 않아서 괜히 발목이 고생 중이고, 여행이라 움직이지 않을 수 없으니까. 여행에서 만난 친구들은 발목을 다친 내게 신경을 많이 써줬다. 오히려 발목 덕분에 재밌는 추억도 생겼다. 타지에서 처음 알게 된 친구들이 번갈아 가며 붕대를 감아줬다. 엉성하고 낯설지만 그 다정함이 좋았다. 여행 가서 발목을 다쳤다는 사실이 불편한 일은 맞지만, 언제나 일어날 수 있는 일이기에 내가 그것을 '불행'이라고만 여기지 않으면 불행이 아니라는 사실을 인정하자 정말 마음이 편해졌고, 이때의 경험은 지금까지도 큰 영향을 주고 있다. 내가 느끼면 안 되는 감정 같은 건 없다.

이젠 이래야 저래야 한다는 기준을 세우지 않고, 그래도 된다고 허용해준다. 그러면 어쩐지 마음이 점점 편해진다. 이건 아무렇게나 살겠다는 뜻이 아니다. 이런 감정을 느끼면 안 돼, 이런 일이 일어나서는 안 돼라는 생각을 조금씩 깨보자. 그래도 된다고 스스로 허용하고 받아들이며 사고를 전환하고 자신을 대하는 태도가 바뀌기 시작할 때, 난 비로소 진정한 자유를 얻었다.

불안을 알아차리고 느껴도 된다고 인정해줄 목소리가 필요하다. 그러면서 조금씩 그 불안의 실체를 찾아보고 해결하자. 사실은, 일어나서는 안 되는 감정이 일어났다고 판단하고, 불편하면 안 되는데 불편함을 느끼고 있다고 판단하니까, 불안함을 포함한 부정적인 감정을 억누르고 회피하려는 것이다. 하지만 당연히 그럴 수 있고 왜 그걸 느끼는지, 실체가 있는지도 잘 살펴보자. 그 목소리를 자기 자신에게 들려줄 때 가장 효과가 강력하다. 또한, 그렇게 말해줄 존재들을 많이 만나자. 인간은 환경의 영향을 받을 수밖에 없다. 그렇게 말해줄 존재가 반드시 가족이나 가까운 지인이 아니어도 된다. 책에서 만나는 스승이나 취향이 비슷한 커뮤니티나 콘텐츠나 모임도 가능하다. 어떤 목소리를 잠재울 것인가, 어떤 목소리를 들을 것인가, 어떤 목소리를 낼 것인가를 내가 다 선택할 수 있다. 나에게 무조건 허용의 목소리를 들려줄 때, 나는 다른 사람에게 그 목소리를 들려줄 수 있는 사람이 될 수 있다. 그 사람도 다시 누군가에게 그 목소리를 들려줄 수 있는 사람이 될 것이다. 시너지는 이렇게 발생한다. 내 주변까지 자연스럽게 변하게 할 수 있다.

그 일이 내 인생에서 일어나도 되는 것일까, 절대 일어나서는 안 되는 것일까? 그건 누가 아는가? 일어난 일에 대해서는 나의 해석만 가능할 뿐이다. 받아들이지 않는 마음, 두려움, 불안함, 내 통제에 따라 모든 일이 내 마음대로 되어야 한다는 고집이야말로 나를 계속 지치게 할 뿐이다.

감정을 있는 그대로 인정하고 느껴주면 지나간다. 내가 습관적으로 '부정적인 상황'이라고 판단하면 '부정적인 감정'이 올라오는 경우가 대부분이니, 이를 알아차리고 바꾸면 '부정적인 감정'에 휩쓸리지 않을 수 있다.

부정적이라서 부정적인 현실이 창조되는 건 아니거든요?

부정적이면 부정적인 현실이 창조될까 봐, 불안해하면 더 불안한 일이 생길까 봐, 두려워하면 더 두려운 일이 생길까 봐, 슬퍼하면 더 슬픈 일이 생길까 봐 두렵다는 말을 자주 듣는다. 그래서 외면하거나 억누르게 된다고 한다. 비슷한 것끼리 서로 끌어당기는 원자의 속성으로 설명되는 끌어당김의 법칙에도 오류가 많다. 사실 오류는 그 자체보다 잘못된 해석으로 발생한다. 불안을 느껴서 불안을 느낄 만한 일이 더 생긴다기보다는, 불안을 부정하고 피하느라 오히려 집중하게 되어서 에너지가 커지고 초점을 맞추느라 그 에너지와 비슷한 상황이 발생하는 것이다.

불안이라는 단어에 갇히지 않으려면, 내게 불안이 찾아온 걸 인정하고 전환하면 된다. 고양이를 절대 떠올리지 말라는 문장과 상관없이 고양이가 떠오를 것이다. 생각하지 않으려고 하는 것일수록 더 끈질기게 생각난다. 느끼지 않으려고 할수록 감정은 더 크게 찾아온다. 회피하고 억누르는 것이야말로 그것에 에너지를 집중하고 있다는 뜻이다. 그것으로부터 자유로워지려면 먼저 직면하고 인정해야 흘러간다. 우리의 삶은 각자 초점을 맞춘 것을 중심으로 돌아가고 있다. 에너지를 쏟은 것과 비슷한 일들이 현실에 펼쳐지는 것은 단순한 신비주의가 아니라 너무나 자연스럽고 당연한 사실이다. 그렇다면 내가 원하는 것에 초점을 맞추는 연습을 해야 한다. 내가 부정적이라서 부정적인 현실이 창조되는 게 아니라 부정적인 현실이 창조될까 봐 계속해서 부정적인 성향에 관심을 두고 집중하고 에너지를 써서 그와 비슷한 현실을 마주하는 것이다.

문제 삼지 않으면 문제가 되지 않는다. 따라서 원하는 것에 초점을 맞추고 내가 원하는 것이 실현되도록 허용해야 한다. 나의 에너지를 의식적으로 내가 원하는 방향으로 돌려야 한다. 그러기 위해서는 먼저 원치 않는 생각이나 감정이 나타났다고 무시할 게 아니라 일단 받아들여야 한다. 이런 감정을 받아들이고 지나가게 두는 연습을 하면, 그 상황에 잡아 먹히는 것이 아니라 가치 중립적인 상황을 원하는 방향으로 해석할 수 있어 주도권을 갖게 될 것이다.

무엇보다 감정을 제대로 받아들이는 연습이 중요하다. 억누르지 않으면 폭발하지 않는다. 지나가게 두는 연습을 한다. 태풍인 줄 알았는데 잔잔한 바람인 경우도 많을 것이다. 그 상황과 감정과 생각에 잡아먹히지 말자. 그래서 주어진 상황을 어쩌지는 못하지만,

상황을 어떻게 바라보고 해석할지는 내가 정할 수 있다. 감정에 푹 빠져서 이리저리 휩쓸려 다니거나 감정에 저항하지 말고 그냥 받아들이자.

부정적인 감정은 내 생존을 가장 중요하게 여기기 때문에, 내가 안전하지 못하다고 생각하면 대부분 신호를 보낸다. 그러니 내가 안전하다는 것을 알려주면 된다. 그러기 위해서 그 감정을 느껴도 되고, 그 감정이 불러온 현실이 날 잡아먹을 리 없다고 일러주고, 그 감정을 있는 그대로 느껴주면 된다. 억지로 좋게 생각할 필요도 없다. 긍정도 연습이 필요하지만, 먼저 부정을 받아들여야 한다. 긍정도 부정도 강박이 되면 독이다. 뭐든 강박은 좋지 않으며 자연스러움에 답이 있다. 긍정이 있으니 부정도 있고, 부정이 있으니 긍정도 있다. 둘 다 받아들여야 한다. 그래야 어느 한쪽이 억눌리지 않는다.

실컷 불안해하고 슬퍼하고 두려워하고 초조해하고 분노해도 괜찮다. 이제 선택할 수 있다. 그 생각과 감정 자체가 내 존재 자체는 아니며 그저 내게 왔다가 가는 존재이며 나를 지나치게 둬야 한다. 자신이 원하는 삶을 창조하려면 원하는 것에 초점을 맞춰서 에너지를 써야 한다. 당신은 어떤 감정을 느끼길 원하고, 어떤 인생을 살길 원하는가? 무엇에 초점을 맞추고 에너지를 쓸 것인가? 나를 감정을 담는 존재가 아니라고 생각하고 좋은 감정이든 싫은 감정이든 나라는 문으로 지나가게 하자. 이런 감정을 인정하고, 느끼고, 지나가게 두자. 기쁨에 집착하지 말고 슬픔을 억누르지 말자.

억누름은 붙잡음이고 집착이다. 그냥 흘려보내라. 손에 힘을 빼자. 그리고 원하는 곳으로 고개를 틀자.

Mission

1. 현실로 나타날까 억누르고 있었던 부정적인 생각이나 감정을 속시원하게 써 보자.

2. 지난날 내가 두려워하며 걱정했던 것 중에서 실제로 일어난 일과 잊어버린 것은 무엇인가?

3. 내가 진정으로 원하는 것을 찾아보고 인정해주자.
   예: 나는 저 사람에게 버림받을까 두렵다. → 나는 저 사람에게 사랑받 고 싶어 하는구나.

시끄러운 머릿속과 마음속 청소하기

생각과 감정이 찾아오지 못하게 막을 수는 없다. 아무리 벗어나려고 노력해도 생각이나 감정은 계속 쫓아와서 밤새 잠들지 못하게 하거나 꿈에 나타나기도 한다. 또한 고여서 썩으면 마음의 병이나 신체의 병으로 나타나기 때문에 고이지 않고 흘러가게 두는 게 매우 중요하다. 감정과 생각을 억누르다 끝내 폭발하거나 화병에 걸리거나 아파본 사람들은 이 말을 이해할 것이다. 여기서는 평소에 인지하고 의식적으로 받아들이는 연습 외에, 따로 시간을 내서 머릿속과 마음속을 청소하는 방법을 소개할 것이다.

우선 가장 기본적으로 감정을 있는 그대로 받아들이고 느껴야한다. 내가 외면하고, 저항하고, 억눌렀던 감정일수록 그 감정을 제대로 느끼지 못했을 것이다. 감정은 내 몸을 통해 자신을 표현한다. 감정이 찾아왔을 때 회피하거나 다른 행동을 바로 하지 말고,

있는 그대로 느끼자. 그러면 머릿속과 마음속이 시끄러울 것이고, 심장이 빨리 뛰거나 땀이 흐르거나 몸이 떨리거나 눈물이 나는 신체 반응을 보일 것이다. 심할 경우 구토가 올라올 수도 있다. 그것을 있는 그대로 받아들여야 한다. 감정을 억눌러왔을수록 느끼기 쉽지 않고 고통스러울 수 있다. 그런데 온몸으로 그것을 받아들이고 느끼면 마침내 그 감정이 지나가는 것을 알 수 있다. 이렇게 감정을 회피하지 않고 받아들이고 느끼는 연습을 기본적으로 하고 나서 다음 단계로 넘어가자.

1. 글쓰기

내가 평소에 꾸준히 쓴 일기가 큰 도움이 되었다. 머리에서 떠오르는 생각과 감정이 눈앞의 글자로 나타나 보이기 시작하면 복잡했던 감정이 하나씩 해소되고 정리된다. 우선 펜으로 머릿속 생각과 감정을 있는 그대로 쓴다. 누가 보는 것도 아니니 최대한 솔직하게 쓰자. 본인만 알아볼 수 있다면 휘갈겨 써도 상관없다. 그렇게 미친 듯이 쓰고 나서 소리 내서 읽는다. 한 문장이 끝나면 '인정합니다'라고 말하자. 여기서 마음속에 끼어드는 목소리가 들릴 것이다. 인정하긴 뭘 인정해? 이런 거 한다고 네 인생이 바뀔 것 같아? 이것은 변화를 두려워하는 소리다. 그것마저 인정하자. 이 과정은 매우 고통스러울 수 있지만 할 수 있다. 무조건 '인정합니다'를 반복해보자.

〔감정 글쓰기 단계〕

(1) 검은색 펜으로 감정과 생각을 있는 그대로 써보자. 쏟아붓듯이 속에 있던 것을 뱉어보자.

(2) 파란색 펜으로 앞에 쓴 글들을 보며, 무조건 이해하고 공감하고 허용하는 글을 써보자. 맞장구와 같다. 검정색 펜으로 '힘들어 죽겠다'고 썼다면, 파란색 펜으로 '그래, 많이 힘들었구나. 얼마나 힘들었니… 나도 마음이 아파'처럼 써보자. 절대 조언이나 충고를 해서는 안 된다. 무조건 공감과 이해와 허용이 필요하다. 그러니 내 감정을 받아들이는 연습을 하는 것이다. 내 상식으로 도저히 받아들일 수 없는 감정과 생각일지라도, 파란색 펜으로 쓰면서 무조건 허용해주고 이해해준다. 자기 자신에게도 굉장한 저항이 생길 수 있다. 그러면 안 될 것 같다는 생각이 불쑥 들 수도 있다. 그래도 해야 한다. 무조건 인정해주고, 이해해주고, 공감해주고, 맞장구쳐준다.

(3) 검은색 펜으로 쓴 상태의 내가 듣고 싶었던 말들을 써준다. (2)와 중복된 내용도 괜찮다. 보통 이 수업을 하면 다음 말을 많이 쓴다. 애쓰지 않아도 돼. 그동안 많이 힘들었겠다. 눈치 보지 않아도 돼. 쉬어도 돼. 잘하지 않아도 돼. 너무 힘주고 살지 않아도 돼. 네가 노력한 건 내가 가장 잘 알아. 너는 이 세상에서 가장 소중한 사람이야. 내가 네 곁에 있어. 몰라줘서 미안해. 네가 나라서 좋아. 지금까지 잘 살아줘서 고마워 등이 자주 등장한다.

(4) 자신에게 앞으로 어떻게 해줄 것인지에 관해 쓰면서 약속

한다. 앞으로는 널 소중히 여기고 잘 보살펴줄게. 남들에게 좋은 사람이 아니라 너 자신에게 가장 좋은 사람이 되도록 노력할게. 널 가장 사랑하고 아낄게. 너의 감정이 무엇이든 귀 기울여 듣고 이해해줄게. 함부로 너의 인생을 평가하고 재단하지 않을게. 억지로 참으라고 하지 않을게. 너를 자주 안아줄게. 진정한 나 자신은 내 사랑과 내 관심과 내 인정을 원하고 나로 살길 원한다. 글을 쓰면 알게 될 것이다. 글쓰기 수업 후기로 '내가 그토록 듣고 싶은 말을 해줄 수 있다는 걸 이제 알겠다'는 말을 가장 자주 듣는다.

2. 명상

생각과 감정으로 왜 괴로운지 잘 들여다보면 과거나 미래에 매달리기 때문이다. 지나간 일 때문에 괴롭거나 아직 오지 않은 미래에 대한 걱정이나 두려움에 갇힌다. 따라서 오로지 지금, 이 순간에 있으면 감정과 생각으로부터 자유로워질 수 있다. 옛날에 나는 명상이 산에서 가부좌를 틀고 수행하는 사람들만의 것이라고 여겼는데, 우연한 계기로 명상을 시작한 후 삶에 큰 변화가 찾아왔다. 명상에는 여러 방법이 있다. 인터넷에서 찾아보면 가이드 영상이 많이 나오니 자신에게 맞는 것을 찾아서 해보자. 일단 명상에 대한 흔한 오해는, 명상하는 중에 잡생각과 감정이 들면 안 되고 마음을 텅 비워야 한다는 것이다. 맥박이 뛰듯이 생각과 감정은 무조건 찾아온다. 하지만 우린 그것을 멈추려고 애쓰지 않는다.

감정도 똑같다. 멈추려고 애쓰지 말고, 알아차리고 허용하고 느끼면서 지나가게 두는 연습을 하다 보면 비워지는 것이다. 비우기 위해 억지로 애쓰지 말자. 감정을 느끼지 않으려고 해 봤자 더 많은 생각과 감정이 찾아온다. 따라서 불가능한 시도 대신에 제대로 된 방법을 익혀서 잘 활용해보자. 여기서 내가 평소에 자주 하는 명상을 소개한다.

1) 호흡 명상

편하게 앉아서 눈을 감고 호흡을 가다듬는다. 최대한 자세를 똑바로 한다. 머리끝부터 발끝까지 편안하게 이완한다. 긴장을 푼다. 호흡은 길게 마시고 뱉지 않아도 된다. 나의 평소 호흡을 지켜본다고 생각하면 된다. 들숨과 날숨엔 온도 차가 있다. 그 온도 차에 집중한다. 코끝을 스치는 숨에 의식을 집중한다. 중간에 생각이나 감정이 떠오를 것이다. 그러면 '아, 내가 이런 걸 생각하는구나', '아, 내가 이런 걸 느끼는구나' 알아차리고 다시 호흡으로 돌아온다. 코로만 쉬어도 좋고, 코로 마시고 입으로 뱉어도 된다. 100번 다른 생각이나 감정이 올라오면, 100번 다시 호흡으로 돌아오면 된다. 이를 반복해서 하다 보면, 생각과 감정으로부터 금방 자유로워진다고 느낄 것이다. 명상 음악을 검색해서 틀어도 좋고, 아무것도 틀지 않아도 좋다. 생각과 감정이 내게 직접적인 영향을 미치는 게 아니라 왔다가 가는 것임을 직접 목격하는 것이다.

2) 에너지 이미지 명상

편하게 앉아서 눈을 감고 호흡을 가다듬는다. 온몸을 이완한다. 어느 정도 호흡이 가다듬어지고 이완이 되었다면, 숨을 마실 때 내 몸과 마음에 있는 독소, 불편한 감정, 힘든 기억들이 새까만 연기가 되어 목으로 모인다고 생각한다. 숨을 뱉을 때, 목에 가라앉은 새까만 연기가 입 밖으로 배출되어 사라진다고 상상한다. 마시면 모이고 뱉을 때 배출된다. 그렇게 30번 정도 반복하고, 가능하면 가벼워지는 기분이 들 때까지 반복한다. 몸과 마음 안에 있는 안 좋은 독소 찌꺼기가 다 배출되어서 텅 비는 것이다. 그리고 맑고 파란 연기를 상상한다. 이것은 내게 좋은 에너지를 주는 존재이다. 숨을 마실 때 기다렸다는 듯이 코로 좋은 에너지가 들어온다. 온몸 구석구석까지 채워진다. 뱉을 때는 흡수하고 남은 파란 연기가 배출된다. 그렇게 온몸과 정신에 파란 에너지가 다 채워질 때까지 반복한다. 이것은 내게 좋은 에너지를 충전하는 것이다.

3) 무의식(내면 아이) 대면 명상

약간의 상상력이 필요한 명상이다. 이를 위해서는 감정 글쓰기를 먼저 하고, 1분 정도 거울을 보고 오면 좋다. 이제 준비되면 눈을 감고 호흡에 집중한다. 머리부터 발끝까지 편안하게 이완한다. 내 앞에 또 다른 내가 앉아있다고 상상한다. 명상하는 순간 나와 같은 사람을 마주하는 것이다. 그 사람이 하는 말을 들어준다. 무슨 말을 하고 싶었는지, 마음이 어떤지 듣는다. 그리고 글쓰기에서처럼 무조건 공감해주고 이해해준다. 맞장구를 쳐주고 절대 조언이나 충고를 해서는 안 된다. 내가 반사판이 된 듯이 그냥 무조건 공감해준다. 얼마나 힘들었는지, 두려운지, 애써왔는지 자신에게 알려준다. 그리고 앞으로 어떻게 해줄 것인지 말해준다. 감정을 모르는 척하지 않겠다고 약속한다. 너무 늦게 알아차려서 미안하다고 말한다. 잘 버텨줘서 고맙다고 하면서 더는 애쓰지 말라고 전한다. 그토록 듣고 싶어 했던 말이나 따뜻한 마음을 아끼지 말고 전해준다. 손을 잡아도 좋고, 등을 두드려줘도 좋다. 꼭 껴안아 줘도 된다. 이 세상에서 가장 소중하고 가장 사랑하는 사람이 당신이란 사실을 잊지 않겠다는 약속을 하면서 마무리한다.

이외에도 명상법은 아주 많다. 본인에게 맞는 방법이 있을 테니 그 방법을 찾자. 반드시 눈 감고 명상을 하지 않아도, 꾸준히 하다 보면 눈을 뜨고도 명상을 할 수 있다. 과거나 미래에 묶이지 않고 끊임없이 현재로 돌아와서 지금, 이 순간을 살다 보면, 자신도 모르는 사이에 몸과 마음이 깨끗하게 정화되었음을 알게 될 것이다. 명상을 강박적으로 하지는 말되, 꾸준히 연습하자. 하루는 24시간이다. 정말 날 위해 낼 수 있는 시간이 그 중 30분도 없을까? 그것이 자신의 인생이라고 할 수 있을까? 자신을 위해서 시간을 꼭 내자. 자신을 보살피려면 시간이 있어서가 아니라 시간을 내서 해야 한다.

Mission

1. 검은색 펜으로 해소하고 싶은 내 생각과 감정을 써보자.
2. 파란색 펜으로 검은색으로 쓴 생각과 감정 밑에 공감하는 글을 써보자.
   1 다음에 바로 2를 쓸 수 있게 한 줄씩 띄우며 쓰자.

3. 1에서 내가 듣고 싶은 말, 내게 해주고 싶은 말을 써보자.
   이때 절대 충고나 비난을 하지 말고 응원과 위로, 이해의 말만 하자.

무조건 허용이 주는 홀가분함

나 자신을 사랑하는 방법은 있는 그대로 나를 받아들이는 것이기에 부정적 감정을 다루는 방법과 같다.

1. 알아차림: '내가 화가 났구나. 슬퍼하는구나.' 자기 감정을 알아차린다.

2. 허용: '화날만하지. 슬픈 게 당연하지.' 감정을 허용하고 공감한다.

3. 핵심 감정 찾기: 화 안에 억울함, 서운함과 같은 다른 감정은 없는가? 슬픔 안에 불안함이나 두려움 같은 다른 감정은 없는가? 비참하고 슬프고 아픈 마음이 너무나 쉽게 짜증과 분노의 모습으로 나타난다.

4. 해소될 때까지 그 감정과 같이 있으면서 충분히 느낀다.

불편함과 어색함, 몸과 마음의 격렬한 반응을 감내한다. 감정을 이기려 하지 말고, 도망치지도 말고, 그냥 받아들이자.

5. 해소되면서 감정이 지나가도록 기다린다.

마음이 편안해진다면 감정이 지나간 것이다.

6. 반복한다.

(1) 내 마음이 넘어져서 운다. 어떻게 하겠는가? 당장 달려가서 안아주고 상처를 확인하고, 얼마나 놀라고 아팠냐며 공감해주고 달래준다. 눈물을 닦아준다. 울고 싶은 만큼 울게 해준다. 그러면 내 마음은 놀라고 다쳤을 때도 더 이상 이상하지 않다고 생각한다. 이제는 상처가 쌓이지 않는다.

(2) 내 마음이 넘어져서 운다. 왜 똑바로 걷지 못해서 넘어지기만 하는지 한심하게 생각한다. 듣기 싫으니 그만 울라고 한다. 상처를 보고는, 뭐 고작 이 정도 다쳤는데 우냐고 나무란다. 자신의 감정을 인정받지 못하고 외면당한 마음은 상처가 안에 쌓이고 눈물이 날 때마다 자신을 통제할 것이다. 어딘가 다쳤다면 스스로 시큰둥하게 된다. 엄살 부리지 말자고 다짐한다.

당신 마음 안에 있는 어린아이에게 당신은 어떻게 하고 있는가?

이 아이의 마음이 무너지고 삶에 걸려 넘어질 때 어떻게 대하는 가? 조금 더 자신에게 다정해지고, 너그러워지고, 소중하게 대해 주자. 달래주고, 다그치지 말고, 억압하지 말고, 비난하지 말고, 비 꼬지 말고, 욕하지 말고, 지나치게 강요하지 말고, 더 성장하라고 재촉하지 말고, 발전하라는 채찍을 그만 휘두르자. 실제로 넘어졌을 때마다 혼났다면 이렇게 걸을 수 있었을까? 수많은 넘어짐이 있었기 때문에 이렇게 걸을 수 있는 게 아닐까? 마음의 넘어짐도 똑같다.

나는 자신을 인정하는 방법을 몰랐고 그러기 쉽지 않았다. 하지만 모든 생각과 감정을 인정하다 보니 절대로 깨지지 않을 것만 같았던 틀이 깨지는 걸 몸소 경험했다. 살다 보면 당연하다고 생각했던 것들이, 실로 터무니없음을 깨닫게 되는 순간들이 찾아온다. 지금까지 당연하다고 여겨온 모든 것들에 의문을 갖고 자신을 있는 그대로 받아들이자. 이러한 허용이 주는 홀가분함과 자유를 더 많은 사람이 만끽하고 자유로워졌으면 좋겠다. 이것은 다른 사람과 섞이지 말고 본인만 생각하면서 이기적으로 살라는 의미가 아니다. 나 자신을 있는 그대로 받아들일 수 있을 때, 타인도 진심으로 받아들일 수 있음을 명심하자. 스스로 세웠거나 사회로부터 강요된 기준에 맞춰 자신을 재단하고 평가하지 말자. 있는 그대로 온전하고 완벽하다. 지금 이대로도 괜찮다.

입력된 대로 살아가는 우리: 패턴을 알자

우리는 입력된 대로 살아가며 무의식적으로 반응하고, 생각하고, 감정을 불러온다. 예를 들면 이렇다.

친구에게 연락했는데 답장이 오지 않는다. 반응이 어떻게 다른지 살펴보자.

> A. 별다른 생각이 없다. 친구가 바쁠 것이라 생각하고 답장을 기다린다.
> B. 자신을 무시했다고 생각해 서운함과 분노가 생긴다.
> C. 친구에게 안 좋은 일이 있는 건 아닌지 걱정이 된다.
> D. 친구가 나를 좋아하지 않아서 귀찮게 여기는 건 아닌지 초조해한다.

'친구에게 연락했고, 답장이 오지 않았다'는 사실이다. 그런데 A,

B, C, D 각각의 반응이 다르다. 왜 그럴까? 각자 본인에게 입력된 패턴대로 해석하면서 감정이 올라오기 때문이다.

상대가 나를 화나고, 서운하고, 걱정하게 했다고 생각하지만 말 그대로 '생각'일 뿐이다. 우리는 사실과 별개로 자신에게 입력된 패턴이나 오래된 습관대로 해석하고 반응한다.

왜 똑같은 상황에서 다르게 반응하고 감정을 보일까? 누군가나 어떤 상황으로 인해 부정적인 감정이 올라온다면, 그것은 자신의 오래된 패턴이나 습관을 발견할 수 있는 절호의 기회다.

이제 무엇을 할 수 있을까? 자신의 해석이 사실인지 아닌지를 확인한다. 그 결과 사실이 아니라 해석일 뿐이라는 것을 인지했다면, 패턴을 수정한다. 답장이 오지 않는다는 것만 사실이며, 나를 무시하거나 싫어한다는 등의 증거를 찾을 수 없다. 그것은 오로지 나의 해석일 뿐이다.

여기서 주의할 점은, 사실이 아니라 해석을 근거로 자신을 비난하는 상황으로 모는 경우이다. 어떤 패턴이든 그럴만한 이유가 있으니 자신을 이해하는 것이 우선이며 원하는 방향으로 나아가면 된다.

또한 미리 만들어놓은 규정이나 관념에서 벗어나면 아래와 같이 부정적인 감정이 생길 수도 있다.

— 나를 사랑한다면 이렇게 하자. 그렇지 않으면 나를 사랑하지 않는 것이다.

- 부모라면, 연인이라면, 친구라면, 상사라면 이래야 한다.
- 공공장소에서는 이래야 한다.
- 사람은 늘 친절해야 한다. 그렇지 않다면 배려가 없는 사람것이고 날 무시하는 것이다.

기존 규정이나 관념이 틀렸다거나 내려놓아야 한다는 말이 아니다. 자신이 가진 규정과 관념으로 인해 자신을 계속 고통으로 밀어붙이고 있다면, 자신의 패턴을 파악하고 내려놓으면 고통으로부터 자유로워질 수 있다.

보통 우리는 자신의 잣대에서 벗어나면 평가하기 시작한다. 어떻게 부모라면서 이래? 나를 사랑한다면서 어떻게 그런 말을 할 수 있어? 내게 믿음을 줘야 하는 거 아니야? 우리는 타인이 자기 환상대로 움직여주길 바라며 그렇지 않을 때 틀린 것으로 받아들인다.

- 나를 사랑하지 않아.
- 나를 인정하지 않아.
- 나를 사랑한다면 저렇게 안 했을 거야.
- 저 사람은 배려심이 없어.
- 나를 무시하는 행위야.

그리고 서러움, 서운함, 분노, 원망이 올라오게 된다. 따라서 자신의 감정을 있는 그대로 인정하고 받아들이며 해소하는 작업이 끝난 후, 이 작업을 시작해야 한다.

자신의 감정, 반응을 알아차리기 시작하면 어떤 규정, 관념, 기준, 패턴이 자신에게 입력되어 있는지 선명하게 보이기 시작한다. 그리고 이것은 옳고 그름이 아니라 사실과 다르게 해석해서 올라오는 감정이라는 사실을 알면 자신에게 이롭게 패턴을 수정할 수 있다.

부정적인 감정이 올라온다면, 알아차리는 연습을 하자. 감정은 무의식적으로 순식간에 올라오기 때문에 바로 알아내기 쉽지 않다. 그러므로 하루를 마무리할 때 오늘의 감정을 돌아보며 글을 쓰고 사유하는 시간을 갖자. 하나씩 정리하면서 패턴을 바꾸기 시작하면 무의식이 의식화되기 시작하고, 무의식에 끌려다니는 삶이 아니라 의식적으로 창조해나가는 삶을 살 수 있다.

다음 사례를 살펴보면서 자신의 상황과 비교해보자.

- 자식이라면 부모 말을 잘 들어야 한다. 부모가 자신과 의견이 다른 자식을 보며 화가 치밀어 올라 키운 보람이 없다고 여긴다.

* 자녀의 의견을 존중하기보다 부모 뜻대로 해야 좋은 자식이라는 관념을 자식에게 강요한다. 자식은 부모의 소유가 아님을 인정하고 하나의 인격체로 존중하는 연습이 필요하다.

- 부모라면 좋은 본보기가 되어야 한다. 이상적인 부모의 모습을 기대하다가 그와 다른 모습을 보면 실망하고 원망스러워하며 분노가 일어난다.
* 부모라는 '역할' 이전에 부모를 '나와 같은 그냥 한 사람'으로 보지 않는다. 기대에 부응하지 못한 모습에 잘못되었다고 생각한다. 불완전한 삶 속에서 그들도 나름대로 최선을 다하고 있는 모습을 인지하는 연습이 필요하다.

- 계획대로 되어야 좋은 것이다. 계획대로 안 되면 잘못이라고 성급하게 판단해 스트레스를 받는다. 급격히 기분이 가라앉을 수 있다.
* 삶을 통제하려는 욕구가 강하다. 본인의 생각대로 되지 않으면 부정적인 감정이 올라온다. 삶은 통제할 수 없다. 언제든지 상황이 변할 수 있음을 받아들이자.

언제까지 남의 탓, 상황 탓만 하며 깊은 우물 속에서 머무르고 있을 수만 없다. 내게 부정적인 감정이 올라왔다면 그 감정이 무엇인지 파악하고 바꿔보자. 이 훈련을 계속하다 보면, 같은 상황이 다시 와도 다른 감정이 생기기 시작하고 전혀 반응을 하지 않는 경우도 있다. 물론 이렇게 되기까지 나는 오랫동안 꽤 많은 연습을 했다. 이것은 기존 패턴을 바꾸는 훈련인데 어떻게 한순간에 되겠는가? 인생의 주도권은 불확실한 변화와 눈앞의 현실을 내가 원하는 대로 해석하고 다음 단계로 나아갈 수 있을 때 찾을 수 있다.

그러므로 내가 가지고 있던 기존 패턴을 모두 부정할 필요도 억지로 바꿀 이유도 없다. 다만, 계속 반복되는 감정의 문제가 해결되지 않을 때 자신의 패턴을 들여다보고 수정하면 자유롭고 편해질 수 있다.

나는 타인을 바꿀 수 없으며 바꾸려 해서도 안 된다. 오로지 나만 바꿀 수 있다. 다만 타인 혹은 이 상황이나 삶을 내가 어떻게 바라보고 해석하며 반응할지 결정할 수 있다. 그로 인해 마침내 모든 게 바뀌는 경험을 하게 될 것이다.

Mission

불편한 패턴을 바꿔보자

1. 어떤 상황인가?

2. 어떤 감정이 생기나?

3. 그 상황을 어떻게 해석했는가?

4. 이 해석은 사실에 근거하는가?

5. 이 해석이 나에게 도움이 되는가?

6. 패턴을 어떻게 바꿀 수 있는가?

3장

행복하고
자유로운 관계의 비밀

나를 어디에 둘 것인가?

생각하는 대로 살지 않으면, 사는 대로 생각하게 된다.

– 소설가 폴 부르제

잠시 인간관계를 돌이켜보자. 난 타인에게 어떤 존재이며, 타인은 내게 어떤 존재일까? 나 혼자만 관계 유지를 위해서 애쓰고 있지는 않은가? 좋은 사람 곁에는 좋은 사람이 머물기 마련이다. 하지만 좋은 사람이 되기 위해서 자기 자신을 등한시하고 남에게만 좋은 사람으로 비친다면 말짱 헛일이다. 여기서 좋은 사람이란 자기 자신에게 먼저 좋은 사람이다.

언제나 먼저 자신에게 잘해야 하고 친절해야 한다. 자신을 사랑하기 시작하면, 인간관계에서 혼자 앓는 일은 그만둘 수 있다. 나만 노력을 하고 있다고 느껴지고, 내가 애써야만 유지되는 관계라면 더는 의미 없다고 느끼기 때문이다. 사실, 자기 자신을 사랑하면 타인을 대하는 나의 태도와 나에 대한 타인의 태도에 지속적인 변화가 있게 되고 그 변화에 흡족할 것이다. 자신을 어디에 둘 것인지 주도권을 가지고 선택하자. 인간관계도 삶에서 중요한 '주변 환경'이다. 내 영혼을 갉아먹는 사람과는 잠시 거리를 두자. 어차피 사람은 자기 자신 외에는 바꾸지 못하며 타인을 바꿔보려는 시도는 오만하고 무모하다. 그러니 자신을 지키기 위해서 해가 되는 걸 알면서도 미련하게 붙들고 있었던 인간관계가 있다면, 서로 좋지 않은 영향을 주고받고 유지하고 있었던 관계가 있다면, 잠시 거리를 두고 바라보자. 때로는 멀리서 거리를 두고 봐야 더 잘 보이는 법이다.

자신만의 안전지대는 누구나 필요하다. 가족이나 연인이나 친구가 안전지대라면 감사하고 더할 나위 없이 좋겠지만 대부분 그렇지 못한 경우가 많다. 그럴 때는, 자신을 사랑하는 방법, 감정을 다루는 법, 명상 등 자신이 지향하고 있는 주제를 다룬 커뮤니티, 모임, 영상, 책을 참고하자. 우리는 책이나 강연, 영상, 누군가의 말 한마디를 통해서도 위로를 받고는 한다. 내 마음을 알아주고 안아줄 수 있는 안전지대를 찾자.

앞으로 변화는 점점 빨라질 것이다. 요즘은 정말 편한 세상이다. 검색 한 번이면 안전지대를 얼마든지 찾아낼 수 있다. 유튜브에서 관련 영상 콘텐츠만 접해도 진행 중인 모임이나 워크숍, 지속적인 소통을 하는 방법을 찾을 수 있다. 뿐만 아니라 당신을 위로해주는 행위가 있다면, 그 행위를 느끼는 시간을 늘려보자. 안전지대는 취미나 사람, 혹은 공간이 될 수도 있다. 내가 스스로 안전하다고 느끼는 공간과 관계와 존재들을 넓혀가자. 내 마음과 영혼이 쉴 수 있도록.

어떤 관계든 건강한 거리가 우선

인간관계는 난로처럼. 너무 멀어서 춥지 않게 너무 가까워서 데이지 않게. 적당히 서로 따뜻할 수 있게.

인간관계를 언급할 때 빠지지 않고 나오는 〈난로처럼〉의 말을 엄마도 자주 하셨다. 예전에는 이 말을 도통 이해하지 못했다. 좋으면 좋아 죽고, 싫으면 싫어 죽는 극단적인 나의 인간관계를 지켜보던 엄마는 내게 인간관계는 난로처럼 유지해야 서로 건강하고 좋다고 말씀하셨지만 내겐 너무나 어렵고 이해되지 않는 말이었다. 좋으면 당연히 가까워야 하고, 싫으면 당연히 멀리 뚝 떨어트려 놓는 게 맞는데 미지근하게만 들리는 엄마의 말을 이해할 수 없었다.

그러던 내가 이 말을 사용하며 이렇게 책을 쓰고, 수업하게 될 줄은 상상도 못 했다. 역시 사람은 자신이 겪은 만큼만 느끼고 깨닫는다. 귀에 딱지 앉게 자주 들었던 말인데도 그토록 와닿지 않았던 말이, 이제 내 삶을 지탱해주는 말이 되었으니 말이다.

자신을 지키기 위한 개인 공간의 영역은 인간관계에도 필요하다. 가족, 친구, 연인, 회사 동료를 대할 때도 마찬가지다. 적당한 거리 유지는 건강하고 튼튼한 관계로 이어진다. 적당한 거리 유지에 실패해 지나치게 가까워지면, 서로에 대한 기대가 커진다. 서로 잘 안다고 자만하고 오해를 이해라고 착각하기 쉽다. 잘 안다고 자만하는 그 순간이 바로 오해의 시작인데 말이다. 이런 오해가 지속되면서 다음 행동을 예상하고, 실망하고, 서운함을 느끼고, 집착한다. 자신의 삶이 있고 나서야 타인과의 관계가 있다. 하지만 타인과의 관계가 전부처럼 되기 쉽고 이 사람과 같이 있어야만 안정감을 느끼기 쉽다. 애정과 증오는 반대가 아니라 동전의 앞뒤일 뿐이다. 따라서 불타서 사라지는 사랑이나 자극적인 관계가 아니라 은은하게 따뜻함을 유지하는 사랑을 주고받는 연습이 필요하다.

특히 사회생활을 하면서 이런 경우가 자주 발생한다. 일하러 회사에 왔는데 친목이 형성된다. 그게 나쁘진 않지만 회사 동료와 지나치게 가까워지면, 회사 업무 외의 잡다한 생각과 말이 오간다. 물론 하루의 대부분을 보내는 회사에서 동료와 정이 드는 건 어찌 보면 당연한 일이다. 하지만 구설수란 얼마나 무서운지, 친해지면 온갖 말들이 오고간다. 악의가 있어서 사건이 생기는 경우보다 사람이라서, 어쩌다 보니 실수로 뱉은 말이 와전되어 이슈가 생기고 회사에서 골칫거리가 되는 경우도 많다. 이렇게 회사에서 업무 외의 일로 스트레스를 받고 결국 서로에게 좋지 못한 결과를 초래하기 쉽다.

동료, 상사와의 관계뿐만 아니라 회사와 개인 간의 관계도 마찬가지다. 회사에 너무 많은 삶의 가치와 의미를 부여하게 되면 기대와 함께 자연스럽게 실망도 따라온다. 내가 이 회사에서 일을 계속할지 스쳐 지나갈지는 아무도 모른다. 모임이나 수업도 같다. 지나치게 가치를 부여하고 의존하게 되면 당연히 기대와 실망 그리고 집착이 생긴다. 당연히 이런 모습은 건강하지 않다. 하지만 의식적으로 건강한 거리를 두는 건 누구나 할 수 있다. 얼마나 빨리 적응하느냐의 차이만 있을 뿐, 이것은 가능과 불가능의 문제가 아니다.

그리고 대부분 거리가 멀어서가 아니라 지나치게 가까워서 문제가 생기고, 틀어지고, 사건 사고가 생긴다. 어떤 관계든 서로 건강하게 오랫동안 함께하려면 건강한 거리를 유지하자. 서로를 위해 건강한 거리를 둔다는 것이 얼마나 근사하고 편한 것인지 시간이 지날수록 더 분명해진다. 서로 사랑하지 않기 때문이 아니라 오랫동안 사랑하기 위해서. 서로 기대하고 실망하지 않기 위해서라기보다는 어떤 기대와 실망을 하든 무너지지 않기 위해서. 뭐든 과유불급이다. 어떤 존재와의 관계든 날 잃어가면서까지 모든 것을 쏟고 맡기지는 말자. 그것이 사라지더라도 나는 잘 살 수 있어야 한다. 중심을 잃을 만큼 지나치게 가까운 관계는 불에 타서 연기처럼 사라질 가능성이 높다.

나는 지금 주변 사람들이 좋고 그들을 사랑한다. 내 가족, 나의 연인, 나의 오랜 친구들을 사랑한다. 그리고 난 그들과 아주 오랫동안 건강하고 행복하게 사랑하고 싶다. 그래서 지나치게 서로에게 의존하지 않고 기대하지 않고 가까이 두려고 하지 않는다. 그저 그들은 그들대로 나는 나대로 존재하려 한다. 너무 뜨거워지지 않은 채 따뜻하게 지내려고 한다. 극단적이고 자극적인 걸 좋아했고 그것에 익숙했던 내 가치관이 이렇게 바뀌고, 이 변화 덕분에 더 만족스러운 인간관계를 얻기까지 너무 많은 실망과 집착과 상처, 배신이 있었다. 하지만 이제는 확실하게 안다. 실망과 집착과 상처와 배신으로 끊어진 모든 관계는, 너무 멀어서가 아니라 나를 잃을 만큼 너무 가까웠기 때문이라는 것을.

자신의 공간을 잘 지키자.

타인과 건강한 거리를 유지하자.

나를 위해서.

그를 위해서.

서로를 위해서.

갈증은 스스로 채우자

타인으로부터 갈증을 채운다고 해도 언제나 한계가 있음을 알아야 한다. 내가 받고 싶은 마음이나 행동은 내가 먼저 해야 비로소 제대로 채워진다. 하지만 이를 망각하면, 가족이나 연인이나 친구 같은 가장 가까운 관계인 사람에게 지속적으로 결핍을 채워달라고 요구한다. 날 얼마나 사랑하는지, 내게 얼마나 해줄 수 있는지 보여달라고 요구하고 기대하거나 그것을 받기 위해 그와 대등한 무언가를 준다. 그리고는 돌아오는 게 없다며 회의감에 젖어 힘들어한다. 스스로 채우지 못하면서 타인에게만 의존한다면, 밑 빠진 독에 물을 붓는 격이다. 나중에는 상대방이 힘들게 채워줘도 더 많이 달라고 요구하기 쉽다. 부족함을 계속 느끼기 때문이다. 그러면 상대방은 나름대로 최선을 다하는데 자신이 부족한 건 아닌지 돌아보며 힘이 빠지기 쉽다.

가장 건강한 마음가짐은, 받는 것이 아니라 무엇을 줄 수 있는지를 생각하는 것이다. 세상은 이런 점에서 공평하다. 왜냐하면 상대 방에게 준 만큼 돌아오기 때문이다. 물론 준 것 이상으로 돌아올 때도 있다. 콩 심은 데 콩 나고, 팥 심은 데 팥 난다. 아무것도 심지 않고 요구만 하고 있지는 않은지 돌아보자.

받기만 원한다면 다시 생각하자. 난 상대방에게 무엇을 주고 그 의도는 무엇인가? '받기 위한 마음'이 바탕에 있다면 언젠가는 지칠 것이다. '내가 어떻게 했는데 나한테 이래? 퍼줘봤자 소용없네'라고 생각하는가? 하지만 이건 받기 위해 줬는데, 준 만큼 받지 못했다는 생각에서 비롯된 것이다.

도대체 무슨 말을 하는지 의문이 들 수도 있겠다. 여기 '나'라는 항아리가 있다. 타인에게 계속 채워달라고 요구한다. 타인이 채워주면 더 원한다. 왜냐하면 밑 빠진 독에 물 붓기이기 때문이다. 내가 이만큼 줬으면, 그에 상응하는 것을 줘서 나를 채워줄 것이라 착각하고 기대한다. 하지만 이렇게는 절대 채워질 수 없다. 내 안의 사랑이 100% 차고, 그것이 101, 110으로 넘어갈 때 날 채우고 남은 1이나 10을 타인에게 줄 수 있다. 이 상태라면 타인이 내게 1을 주든 3을 주든 100을 주든 말든 나는 무너지거나 흔들리지 않는다. 이미 난 온전하기 때문이다. 나 자신을 향한 사랑 이상으로 흘러넘치는 것을 타인에게 줄 수 있기 때문이다. '나'라는 사람은 사실 태어나면서 지금까지 단 한 번도 100이 아니었던 적이 없다. 100이란 존재의 온전함, 즉 사랑을 뜻한다. 하지만 여러 가지 이유로 자신을 20, 30 심하면 마이너스라 생각할 때도 있다. 그러면 자신을 100이라고 인정할 수 있을 때까지 자기 자신을 사랑하면서 사랑을 채우면 된다.

그렇게 자신이 온전해지고 스스로에 대한 사랑으로 채워진다면, 타인이 내게 주는 것이 작든 크든 감사할 것이다. 또한 주지 않는 다고 서운하거나 실망하지 않을 것이다. 애초에 타인이 날 채울 수 없으며 나만이 스스로 채울 수 있고, 밑 빠진 독을 수리하는 것도 스스로 해야 할 일임을 알고 실천했기 때문이다. 그러면 자유가 찾아온다. 난 이만큼 해줬는데 왜 준 만큼 받지 못하지라는 회의나 실망도 찾아오지 않는다. 그리고 애초에 무언가를 바라고 주는 게 아니라서 주고도 바로 잊을 수 있다. 상대가 기억하든 말든 개의치 않는다. 넘쳐흐르니까 준 것이지, 없는데 억지로 떼어줘서 내가 허덕이는 게 아니기 때문이다. 그러니 타인이 내게 어떤 마음을 주면 물론 감사한 일이지만 주지 않는다고 휘청거릴 일도 아니다. 이를 온전히 느끼고 받아들일 수 있으려면 당연히 자신부터 부지런히 사랑해야 한다. 내 마음 깊은 곳에 사는 진짜 '나'는 이미 답을 알고 있다. 눈과 귀를 내면으로 돌리자. 이제 보이고 들릴 것이다.

Mission

1. 너무 가까워서 힘들었던 기억이 있다면 써보자.
   무엇을 기대했고 실망했고 어떤 감정이었는지 써보자.

2. 누군가에게 인정과 사랑을 받고 싶어서 했던 행동이 있다면 써보자.
   나 자신에게 사랑을 채우기 위해 당장 해야 하는 것이 무엇인지 써보자.

받을 줄 모르는 사람이라면

앞에서는 타인으로부터 받으려고만 하고 계속 채우려는 것에 대해 설명하면서 스스로 채워야 한다고 말했다. 그런데 반대로 타인에게 퍼주는 건 익숙하고 잘하는데 받지를 못하는 경우도 있다. 무언가를 받을 때면 어색하고 불편하고 부담스럽고 누군가 칭찬하면 변명하기에 바쁘다. 그냥 감사하다고 인사하고 끝내면 되는데 괜히 자신을 깎아내리며 칭찬을 피한다. 누군가 선물을 주면 부담을 느낀다. 왠지 빚지는 기분이 들어 얼른 그에 상응하는 보상을 해줘서 마음의 짐을 덜려고 한다. 예를 들어 고가의 선물이나 용돈을 받게 되면 어쩔 줄 모르고 심지어는 미안하다고 생각한다. 그 이유는 익숙하지 않기 때문이다. 그리고 그 사람의 것을 빼앗았다고 생각하는 경우도 자주 있다. 안 그래도 부족한 사람의 것을 당신이 받게 되었다고 생각하면서 미안해한다. 그리고 스스로 '그것'을 받을 자격이 있다고 생각하지 않는다. 의식적이든 무의식적이든 칭찬받을 자격, 선물 받을 자격, 친절한 대접을 받을 자격이 없다고 생각한다. 에너지를 예로 들면 이해하기 쉽다. 상대는 당신에게 사랑과 행복의 에너지를 줬는데, 당신은 그것을 불편하고 부담스럽게 여기고 상대방 것을 빼앗았다고 생각하기에 결국 결핍의 에너지로 받은 셈이다. 여기에 풍요와 행복이 있겠는가? 한마디로 잘 받을 줄 몰라서 그런 것이다. 받는 것이 어렵다면 잘 받는 연습을 해야 한다. 사랑을 사랑으로 해석하고 받을 줄 아는 것도 능력이다.

누군가 당신을 칭찬하거나 호의나 배려를 베풀거나 선물을 주면 잘 받기 시작하자. 눈 질끈 감고 감사하다고 외치면서 필요했던 것이라고 말하자. 듣기 좋은 말이라서 기쁘다고 피드백을 해주자. 이 연습을 통해 당신은 자기 자신에게 '받아도 된다'고 스스로 허용한다. 그렇게 타인과 이 세상이 당신을 사랑하도록 허락하면서 당신에게 준 상대 역시 사랑과 풍요의 에너지로 본다. 여기에 결핍이 있는가? 오로지 사랑만 있을 뿐이다. 칭찬을 받으면, 겸손이란 이름으로 괜히 '아, 아니에요'라고 말하는 대신에 듣기 좋은 말이라며 기쁘고 감사하다고 전하자. 처음에는 불편하고 어색할 것이다. 내가 이런 걸 들어도 되나, 받아도 되나, 괜히 미안한데, 빚진다는 기분이라 신경 쓰인다고 갈등하면서 온갖 생각이 들 수 있다. 당연하다. 지금까지 그렇게 살아왔는데 어떻게 갑자기 바뀌겠는가? 하지만 이 모든 것은, 스스로 '받아도 된다'고 결정한 다음 상대에게 '감사하다'고 말하는 순간 에너지가 바뀐다. 당신을 둘러싼 에너지를 어떻게 만들 것인가는 당신의 의지에 달려 있다.

　나도 늘 받기를 두려워하고 부담스러워하고 미안해하고 빚진다는 기분에 찜찜했다. 돌려줘야 한다는 강박과 빼앗았다는 미안함이 언제나 자리 잡고 있었다. 하지만 나는 잘 주고 잘 받는 삶을 선택했고 사랑과 풍요의 에너지가 나와 주변 사람을 감싸길 원했다. 따라서 나는 항상 기쁜 마음으로 사랑을 주고, 감사하는 마음으로 사랑을 받는다. 그동안 받을 줄 몰랐다면 의식적으로 연습해서 잘 받도록 하자. 타인과 세상이 날 사랑하게 하려면 그래도 된다고 허용하는 나의 선택이 우선이다. 당신에게 사랑을 주고 싶다는 타인에게, 당신에게 풍요를 주겠다는 세상에게 괜찮다며 손사래 치는 대신에 두 팔 벌려 감사하다고 말하는 연습을 하자. 사랑과 풍요는 스스로 허용하는 만큼 받는 것이다.

1. 그동안 받는 것이 불편하고 어색했다면 그 이유를 써보자.

2. 감사히 잘 받는 것은 세상이 날 사랑하도록 허용하는 것과 같다.
   받아도 된다고 허락하려면 어떤 식으로 연습을 해야 할지 구체적으로 써보
   자.

우린 평생 서로를 모른다

가까운 관계일수록 조심해야 한다. 그 사람에 대해서 잘 알거나 다 안다고 착각하는 경우이다. 이것은 내 마음대로 타인에 대해서 단정 짓는 행동이다. 자기 자신도 스스로 잘 모르는 경우가 많다. 자신을 잘 안다고 생각했는데, 그렇지 않다는 사실을 인지하고 방황하기도 한다. 그리고 사람은 고정된 존재가 아니라서 늘 변한다. 고정된 사람은 없다. 어제의 생각과 오늘의 생각이 다르고 예전의 취향과 지금의 취향도 다를 수 있다. 내가 겪는 상황은 매시, 매분, 매초가 다르다. 이렇게 늘 새로운 상황에 놓여 그 영향으로 새로운 자기 자신이 되고 크고 작은 영향을 받으며 지속해서 변하는 것이다. 그런 자신을 인지하지 못하는 경우도 많다. 여기서 오해가 시작된다. 사람은 누구나 자기 관점으로 모든 걸 바라본다. 누군가에 대해서 말할 때, 누군가를 이해하고 판단하고 평가하고 생각할 때 과연 그것이 정답이고 옳을까? 그저 나라는 사람이 판단하고 내린 생각이 아닐까? 상대를 잘 안다는 생각을 버리자. 잘 안다고 확신하면 상대를 더 이해하려는 노력이 사라질 수 있다. 이 사람이 어떤 사람인지 내가 미리 규정했기 때문에, 이해하려는 수고를 덜려고 한다. 여기서 옛날 한국 드라마에서 자주 나왔었던 대사를 소개하겠다.

'당신답지 않게 왜 그래?'
'나 다운 게 뭔데?'

이 얼마나 지루하고 황당한 대사인가? 흔히 사용하는 말이니 드라마에서도 자주 나왔을 것이다. 당신답다와 당신답지 않다는 건 무슨 뜻일까? 나답다와 나답지 않다는 건 또 무엇일까? 그런 건 없다.

아무리 가까운 사이라도 상대의 신발을 신어본 적이 없다면, 당신은 상대를 안다고 할 수 없다. 한 지붕 아래 산다고 해도 살아온 삶은 제각각이다. 상대와 함께 사는 것과 그 삶을 내가 살아본 건 같지 않다. 따라서 난 저 사람을 잘 모르고 모두 알 수도 없음을 인정해야 한다. 이렇게 인정하면 결국 서로 이해하려는 노력으로 이어질 것이다. 반대의 경우도 마찬가지다. 상대가 누구든 상대방은 당신을 잘 알 수 없다.

상대를 잘 모른다는 사실을 인정하면 다른 관점으로 살 수 있다. 내가 아는 모습이 아니라서 당황하거나 실망하거나 따지기보다 그때까지 몰랐던 상대의 모습을 이해하기 위해 노력하게 된다. 내가 알던 모습이 아니라며 상처받는 일도 적어진다. 이 사람은 이렇다고 섣불리 단정 짓지 말자.

그저 내 생각이고 내 판단일 뿐이다. 내가 누군가에 대해 무엇을 생각하든 그냥 나의 생각일 뿐이다. 실제로 그가 그런지, 그리고 앞으로도 그럴지는 아무도 모른다. 우리는 모두 변하고 다양한 면을 가지고 산다. 셀 수 없을 정도로 많은 한 사람의 모습에서 고작 몇 가지를 보고 내린 판단이 전부라고 생각하지 말자. 우린 평생 다름을 인정하고 변화를 받아들이며 서로를 이해하려고 노력할 수 있다. 나는 이것이 서로를 지킬 수 있는 가장 좋은 방법이라고 생각한다. 사실 서로를 모른다는 것은 참 매력적이다. 상대를 알아가기 위해 문을 두드려야 하기 때문이다. 따라서 상대를 안다는 확신 대신에, 무엇이든 언제나 변할 수 있는 사실을 받아들이자. 어제 옳았던 것도 오늘 틀릴 수 있고, 오늘 틀렸던 것도 내일은 맞을 수 있다. 그와 내가 나란히 있어도 보고 해석하는 방식이 다를 수 있다. 자유란, 안다는 확신이 아니라 모른다는 사실을 알고 있고, 모든 변화를 수용할 수 있는 유연함에서 오는 게 아닐까?

누구나 자신만의 기준으로 생각하기 때문에 우리는 모두 서로를 있는 그대로 보기 어렵다. 이것만 인정해도 마음이 한결 가벼워질 것이다.

보고 싶은 것만 보고 믿고 싶은 것만 믿는다

돼지 눈엔 돼지만 보이고, 부처 눈엔 부처만 보인다. 어린 시절의 나는 타인에 대해서 쉽게 떠들곤 했다. 잘 알지도 못하면서 소문을 들으면 믿어버렸다. 나중에 나도 그런 소문의 주인공이 된 적이 있다. 그 자리에 없었다는 이유만으로 이미 나는 가장 나쁜 사람, 마녀사냥의 주인공이 되었다. 그때 사람들은 결국 자신이 듣고 싶은 대로 듣고, 믿고 싶은 대로 믿고, 보고 싶은 대로 본다고 느꼈다.

내 성격은 굉장히 밝고 적극적인 면이 지배하고 있다. 일단 나는 기운이 넘칠 때가 많은 사람이라고 생각한다. 그런 나를 있는 그대로 보는 사람도 있지만, 오지랖 넓고 연기를 하는 거 같다고 생각하는 사람들도 있고 실제로 그런 말을 들은 적도 있다.

그럼 난 그저 밝고 적극적인 사람인가, 아니면 오지랖 넓고 연기를 잘하는 사람인가? 길에서 쓰레기를 줍는 사람을 발견하면 어떻게 볼까? 착한 시민이나 가식적인 사람으로 볼 수도 있고 누군가에게는 관심 대상이 아닐 것이다. 그럼 그 사람은 착한 사람일까 가식적인 사람일까? 대답은 각자의 마음의 눈에 달렸다.

대화 모임에 나가 보면 말하기보다 주로 듣는 사람이 있다. 이 사람도 누군가의 눈에는 경청을 잘하고 말수가 적은 사람이고, 누군가의 눈에는 소심하고 재미없는 사람일 수 있다.

길에서 우는 사람이 있다. 누군가는 오죽하면 길에서 울까 싶어서 그가 안쓰러워 보이고, 누군가의 눈에는 왜 길에서 우는지 그가 한심해 보이고, 또 다른 누군가는 그에게 관심도 없을 수 있다. 그 외에도 정말 많다. 누구나 눈앞에 일어나는 일들을 자신만의 관념으로 본다. 하지만 '그 사람'은 어디에도 없다. 그저 그 사람을 바라보며 떠드는 다양한 '해석들'만 있을 뿐이다.

그저 자신의 무의식이 투사된 현실을 보며 자신만의 세상 안에서 이러쿵저러쿵 떠든다. 나는 그를 보는가? 그에 대해서 말하는가? 아니다. 그를 통해 나를 보는 것이다. 그에게 비친 나에 대해 말하는 것이다. 그는 나를 보는가? 나에 대해서 말하는가? 아니다. 나를 통해서 그 자신을 볼 뿐이다. 그 자신에 대해서 말을 할 뿐이다. 결국 모든 시선과 마음은 자기 자신으로 향할 뿐이다.

한때 나는 칭찬을 받으면 들뜨고 신났었다. 온종일 자랑하고 마치 그게 진짜 나라고 생각했고, 인정받고 사랑받는 기분에 빠져 있었다. 마치 그 말을 듣기 위해 살아온 것처럼 이런 칭찬은 정말 달콤했다. 반대로 나에 대한 비난에는 쉽게 화가 났다. 가까운 사람일수록 화와 상처의 깊이는 더 컸다. 그런 말을 곱씹으며 내 편을 들어줄 누군가에게 전화해서 실컷 떠들었다. 그렇게 나는 타인의 평가에 하루에도 몇 번씩 기분이 좋아지다 나빠지다 했다.

타인이 나를 어떻게 생각하는지, 어떻게 말하는지로 내 인생을 결정하던 시절이 있었다. 칭찬을 받으면 사랑받는 삶, 비난을 받으면 버려진 삶이라 생각했다. 그러니 감정이 늘 들쑥날쑥할 수밖에 없었다.

이런 감정으로부터 완전히 자유로워진 것은, 사람은 자신이 믿고 싶은 대로 믿고 보고 싶은 대로 본다는 사실을 머리가 아닌 가슴으로 완전히 받아들인 이후부터였다. 나 역시 그랬다. 같은 걸 보아도 타인과 느끼는 게 달랐다. 옳고 그른 건 없었다. 그저 각자의 삶에선 자신의 답이 중요했고 답도 상대적이었다.

내가 어떤 사람인지는 남의 입에 달려있지 않았다. 애초에 내가 나에 대해서 어떻게 생각하는지가 가장 중요했다. 타인도 나처럼 나를 생각해주지 않는다고 해서 분노할 일도 아니었다. 그것은 그들의 자유였다.

이건 나 자신에게도 마찬가지였다. 내가 누군가에 대해서 어떤 평가를 하든 그것은 절대적일 수 없고, 그저 그 사람에 대한 내 느낌, 생각, 가치관일 뿐이었다. 한마디로 나의 해석이었다. 그를 좋게 본다고 좋은 사람도 아니고, 나쁘게 본다고 나쁜 사람도 아니었다. 그저 어떤 사람을 통해 내 기준에서 좋고 나쁨을 판단할 뿐이었다.

이런 생각을 하니 나에 대해 어떤 말이 들려도 들뜨지도 주눅이 들지도 않기 시작했다. 그 이후 정말 많은 것이 편해졌다. 남의 말을 쉽게 하는 사람들을 볼 때면 덜컥 믿기보다는 '저 사람의 세상에선 저렇게 보이겠지' 하면서 지나치는 여유가 생겼다.

그때부터 마음을 갈고 닦는 데 집중하고, 내가 나를 사랑으로 채우다 보니 세상이 달라 보였다. 예전 세상은 내가 싸워서 이겨야 할 전장이었으며 타인은 모두 적이었다. 하지만 그것은 나에게 불친절하고, 나를 적대시하며, 내 안에 자리한 불안을 그저 바깥에 투사한 것에 불과했다.

그렇게 같은 상황도 다르게 해석하기 시작했다. 그런 나의 변화는 천천히 그러나 멈추지 않고 진행됐다. 사람을 평가하는 절대적인 기준은 없다. 그저 상대적인 평가와 각자의 해석이 있을 뿐이다. 당신은 당신 자신을 어떻게 보고 있는가? 타인을 어떻게 보고 있는가? 당신의 세상을 어떻게 보고 있는가? 그것이야말로 당신이 어떤 생각을 가지고 사는지 말해주는 척도가 된다. 모든 건 나를 비추는 거울일 뿐이다.

밖을 보지 말고 안을 들여다보자. 답은 밖이 아니라 안에 있다. 따라서 타인의 평가에 들뜨거나 상처받을 필요가 없다. 그런 평가는 애초에 나와 무관한 일이다. 우리는 서로를 통해 자신을 본다. 타인은 그저 나의 내면을 비추는 거울이다. 이제 타인과 세상을 평가하는 자신을 의식적으로 바라보도록 하자. 어떻게 보고 있는가? 어떻게 느끼는가? 어떻게 해석하는가? 어떤 눈으로 세상을 볼 것인가?

진심을 다했다면 그걸로 충분하다

이 글은 서로에 대한 역할은 끝났지만, 마음은 끝나지 않아서 괴로워하는 모든 인연에 대한 글이다. 마음을 다했다면 그것으로 충분하다. 내 나름의 진심과 전력을 다했는데도 관계가 끊어지거나 상처를 입는다면 해볼 수 있을 때까진 해보고 미련을 버리는 게 좋다. 최선을 다했는데도 안된다면 골만 깊어질 뿐이다. 온 힘을 다 해봤지만 소용없고 후회가 없으면 그것만으로 충분하다고 생각한다.

그런데 나는 진심이고 미련이 남았고 마음이 남아있지만, 상대방은 그렇지 않아서 자꾸 괴롭고 힘들어하는 경우가 있다. 내가 할 수 있는 걸 했으면 그걸로 됐다. 나의 마음을 다했다고 상대도 마찬가지였을 거라는 보장은 없다. 처음에는 이것을 받아들이는 것이 정말 지옥 같았다. 그런데 어쩔 수 없다. 상대를 통제하려 드니까 괴로운 것이다. 그렇기에 관계에는 타이밍이 중요하다. 온도와 속력과 크기와 깊이가 비슷하다면 고마운 일이지만 그런 일은 드물다. 비슷한 상태로 최적의 타이밍에 서로의 인생에 등장해 알아보며 같이 있으니까 기적이며 운명이라고 일컫는 것 아닐까? 만날 때가 되었으니 만났고, 헤어질 때가 되었으니 헤어진 것이다.

인간은 계속 성장하기 때문에, 지나간 시간에 대해 아쉬움과 후회가 남을 수밖에 없다. 언제나 과거보다 성숙해진 내가 있기 때문이다. 그러니 후회되면 후회하고, 힘들면 힘들어하자. 눈물이 나면 그냥 울고, 그리우면 그리워하자. 다 쏟아내고 기억하자. 다른 건 잃어도 중심은 잡아야 된다는 사실을.

상대에게 쏟는 정성을 자기 자신에게도 쏟는가? 상대에게 주는 마음을 자기 자신에게도 주는가? 상대를 궁금해하는 만큼 자기 자신도 돌보고 있는가? 상대를 소중히 여기는 만큼 자기 자신도 소중히 여기고 있는가? 상대와의 관계만큼 나 자신과의 관계도 놓치지 않으려고 노력하는가? 그 관계에 지나치게 의존하고 있지는 않는가?

사람 사이의 인연은 내 몫이 아니다. 진심을 다했다면 그걸로 충분하다. 사랑했던 만큼 아파하고 인연이 다했음을 인정하자. 먼저 자신의 마음을 잘 돌보고 할 수 있는 일과 할 수 없는 일을 잘 구분하자.

다 퍼줘도 돌아오는 게 없고 외롭다면

나는 친절하게 대했고, 양보하고 배려했으며, 다 퍼줬고 해달라는 대로 다 해줬고, 좋은 관계를 위해 애쓰고 노력했는데 아무것도 돌아오지 않아서 회의감이 든 적이 있는가? 나 자신보다 주변을 챙겼는데도 좋은 사람 하나 곁에 남지 않고 외롭다고 느꼈던 적이 있는가? 왜 이런 일이 생길까? 사랑을 줬다고 착각하기 때문이다.

우리는 기운을 느낀다. 전달되는 건 어떠한 행동이나 말, 그 속에 담긴 마음의 에너지이다. 분명 상대가 상냥하고 친절하게 다가오는 사람인데 뭔가 쎄하다. 다른 의도를 가지고 접근하는 거처럼 왠지 마음이 가지 않는다. 물론, A=B처럼 일반화할 수는 없지만, 시간이 지나서 보니 쎄한 이유가 있을 수 있다.

좋은 사람이 되려고 이것저것 챙겨주는데 알아주는 이 하나 없어서 서럽다. 누굴 위해 내가 이렇게까지 희생했는지 모르겠고, 억울하고 서운하기만 하다. 왜 그럴까? 내가 무엇을 줬는지 몰라서 그런 것이다.

선물을 주고받는다고 생각해보자. 겉으로는 알록달록 예쁜 포장지에 선물이 들어있다. 선물을 주면서 나는 상대에게 사랑을 준다고 했지만, 막상 포장지를 뜯어보니 그 선물상자 안에는 '부담'이 있다. 그 부담의 메시지는 '내가 이것을 줄 테니 나를 인정하고 사랑해달라. 나를 좋은 사람으로 알아달라. 나만큼 너도 주고 나를 챙겨달라'는 메시지가 있다. 이 선물을 받은 상대는 겉으로는 고맙게 여기지만, 속으로는 찝찝한 기분과 부담이 분명 생긴다. 사랑을 받은 듯한데 이상하게 마음이 가질 않는다. 이때 누구나에게 마음 에너지를 감지하는 센서가 작동된다. 사랑의 이름으로 아무리 선물하고 포장해봤자, 사실 알맹이는 솔직한 마음의 에너지다.

순수한 의도로 상대에게 친절을 베풀었고 아무 의도 없이 상대에게 사랑을 줬는가? 그렇다면 받는 게 없어도 회의감이 몰려오지는 않고 서운함이 계속 쌓이지도 않을 것이다. 내 진짜 의도는 뭐였을까? 내가 먼저 줄 테니 반대급부로 사랑을 달라는 것이 아니었을까? 나를 좋은 사람으로 생각하고 인정해달라는 부담이 아니었을까? 사실은 상대에게 먼저 줌으로써 나도 받기를 기대하지 않았을까?

이런 방법이 틀리지는 않았지만 나의 핵심 의도를 상대가 모를 리 없다는 말을 하고 싶다. 이렇게 순수하지 않은 의도로 무언가를 주는 상대에게 고맙기는 해도 마음이 가지 않는 것과 같다.

'나 지금 사랑이 부족해, 내가 먼저 줄 테니 너도 날 채워줘.' 이런 식으로 상대를 대하면 상대가 받는 건 풍요와 사랑이 아니라 결핍과 부담이다. 타인과 세상은 내 내면을 비추는 거울이다. 내가 준 것이 무엇인지 보여준다. 하지만 예외도 있다. 아무런 의도 없이 그냥 사랑만 줬는데 상대가 그것을 부담스럽게 여기는 경우도 있다. 아무리 선한 영향력을 가졌어도, 가식으로 보는 안티팬들이 있다는 것이 이를 증명한다.

여기서 유재석 씨와 아이유 씨가 떠오른다. 그들이 세상에 주는 사랑은 다시 세상이 그들을 사랑하게 만든다. 하지만 그 와중에 안티도 있을 것이다. 속사정은 모르겠지만, 그들이 미움보다 사랑을 더 받고있는 것은 확실하다. 순수한 의도로 사랑을 줘도 왜곡해서 해석하는 사람들은 어디에나 있다. 그것은 자신만의 관념으로 해석하기 때문이다. 다만 여기서는 내가 순수한 의도로 사랑을 줬다면 사랑과 풍요를 비추는 현실이 더 클 것이라는 말을 하고 싶다.

누구에게 무엇을 주는가? 친절을 베푸는가 양보를 하는가? 당신 것을 나눠주는가? 상대를 배려하는가 눈치를 보는가? 무리한 부탁을 들어주는가? 좋은 말을 많이 해주는가? 호강을 시켜주려 노력하는가? 좋은 관계를 유지하기 위해 무엇을 주는가? 어떤 마음의 에너지와 의도를 담고 있는가? 이러한 것들을 자세히 살펴보고 인정한다면, 내가 무엇을 해야 하는지 분명해질 것이다.

내가 원하는 대로 상대가 주지 않는다고 회의감이 들어 자신을 피해자라고 생각하지는 말자.

내가 순수한 의도로 사랑과 풍요를 줄 수 있을 때, 세상이란 이름의 수많은 타인도 내게 순수한 의도로 사랑과 풍요를 줄 것이다. 화려하게 포장을 해도 그 안에 들어있는 진짜 의도와 마음은 절대 다른 모습으로 변하지 않으며 그대로 전달된다.

사랑을 받고 싶으면 사랑을 주면 된다. 사랑을 주고 싶으면 내가 사랑으로 채워져 있으면 된다. 사랑으로 채워지고 싶으면 먼저 자신을 사랑하기 시작하자.

1. 지금까지 상대에게 실컷 퍼줬는데 회의감이 들고 외로웠던 기억이 있으면 써
   보자.

2. 그렇게 했던 나 자신의 감정을 인정하고 이해해보자.

3. 상대에게 준 내 원래 의도와 마음 에너지가 무엇이었는지 솔직하게 써보자.

예수님 부처님도 안티가 있다

세상 모든 사람을 다 좋아할 수는 없다. 물론 그렇게 되는 순간이 올지도 모르겠지만, 지금까지는 아니었고 글을 쓰는 이 순간도 아니다. 아마 앞으로도 그럴 것이다. 당신도 이 세상 모든 사람을 다 좋아하고 사랑할 수 없다. 이것은 어찌 보면 너무나 당연하다.

미움받기 싫고, 사랑만 받고 싶은 마음도 자연스럽다. 하지만 가능한 일과 불가능한 일이 있다. 이것은 불가능한 일이다. 왜냐하면 나 자신도 안 되는 것을 타인에게도 요구할 수 없기 때문이다. 여기에 초콜릿이 있다. 누군가는 좋아하고 누군가는 싫어한다. 누군가는 관심이 없다. 이것은 초콜릿을 나로 대체해도 마찬가지다. 그저 그럴 뿐이다.

물론 나를 싫어해서 직접적인 피해를 준다면 다시 생각해봐야겠지만, 대부분은 그저 누군가 내가 원하는 만큼 나를 좋아해 주지 않는다는 이유 하나만으로도 적지 않게 스트레스를 받고 쉽게 괴로워한다. 예수님, 부처님도 안티가 있다. 모두가 사랑할 것 같은 사람도 잘 보면 싫어하는 사람들이 있다.

그리고 그저 마음이 그렇다면 잘못된 것도 아니다. 그냥 그럴 뿐이다. 이를 받아들이면 편한데, 그리 쉽지 않다. 나를 싫어한다는 생각, 미움받고 싶지 않다는 마음은 자연스러운 것이다.

이 또한 그럴 수 있으니 당연히 인정해주고 직시하자. 내가 할 수 없는 걸 타인에게 바라지 말자. 나는 이 세상 모든 존재를 미움 없이 사랑할까? 타인에 대한 내 마음도 어디까지 나의 자유다. 그리고 나에 대한 타인의 마음도 타인의 자유다. 그 자유까지 내가 원하는 대로 하고자 하니 불가능하고 고통스러운 것이다. 또한 그것은 타인의 마음을 내 마음대로 관리하고 싶은 통제욕구이기도 하다.

아주 무심하게 '그래, 나 싫어해'라고 하기는 어렵더라도, 이 소중하고 귀한 삶에서 나를 싫어하고 미워하는 사람들 눈치 보고 신경 쓰는 데 허비하지 말고 내가 사랑하고 나를 사랑해 주는 고마운 사람들에게 집중하자.

정말로 이유 없이 누군가 그냥 나를 미워하고 싫어할 수 있고 그 때문에 스트레스를 받고 당연히 힘들 수도 있다. 하지만 이유 없는 미움을 보내는 사람들에게 잘 보이려고 애쓸 필요는 전혀 없다. 나에 대한 타인의 감정은 내 몫이 아니며, 나의 귀한 에너지를 그런 곳에 쓸 수는 없지 않은가!

죽기 직전이라면, 나를 미워하고 싫어한 사람들이 생각날까? 그렇지 않을 것이다. 내가 사랑하고 나를 사랑해줬던 고마운 사람들이 생각나지 않을까? 죽기 직전에 생각나지 않을 얼굴들이라면, 내 인생에서 무슨 의미가 있을까? 때로는 멀리 보자. 우리는 지금 이 순간이 가장 중요하고 이 순간을 살고 있지만, 더 명확하게 바라보고 잘 살기 위해서는 더 멀리 바라볼 필요가 있다.

따라서 어디에 집중할지가 매우 중요하다. 그것은 에너지를 어디에 쓸 것인지를 의미하기 때문이다. 내 삶이 점점 그 에너지로 가득 찰 것이기 때문이다. 내 삶을 채우는 이 에너지는 매우 중요하다. 그것은 곧 나 자체가 될 것이기 때문이다.

삶은 선택이다. 어디에 집중할 것인가? 무엇을 볼 것인가? 어떤 것을 느낄 것인가? 무엇으로 삶을 채울 것인가? 당신은 무엇을 선택할 것인가?

나도 누군가에게는 빌런

나는 선할까 악할까? 그렇기도 하고 아니기도 하다. 보통 우리는 경험을 근거로 판단하고 결론을 내린다. 사랑을 외치는 나를 본 사람과 까칠하고 예민한 나를 본 사람이 내리는 결론이 같을 수 없다. 그럼 나는 사랑을 외치는 사람인가, 아니면 까칠하고 예민한 사람인가? 그럴 수도 아닐 수도 있다. 그 어디에도 나는 없고 찰나의 순간 속에 보인 모습과 해석만이 존재할 뿐이다.

모든 건 상대적이다. 내가 누군가에게는 정말 좋은 사람일 수 있지만, 다른 누군가에게는 평생 잊지 못하는 빌런일 수 있다. 이 사람은 착하고 저 사람은 나쁘고, 이 사람은 천사고 저 사람은 악마고, 이 사람은 좋고 저 사람은 싫다는 식의 구분은 얼마나 우스운가? 정말 하나만 선택해서 결론을 내릴 수 있을까?

한 사람의 속에 뭐가 있는지는 아무도 모른다. 따라서 겉모습으로만 그 사람을 판단할 수 없으며, 그건 자신만 봐도 알 수 있다.

　누군가에겐 내가 힘이 되고 위로를 해준 따뜻한 기억으로 남은 사람일지 몰라도, 또 다른 사람에게는 기억하고 싶지 않은 나쁜 사람일 수 있다. 따라서 그 사람의 단면만 보고 쉽게 판단하지 말길 바란다. 사람은 누구나 수없이 다양한 면을 가지고 있다. 심지어 본인이 몰랐던 모습을 세월이 지난 뒤에 발견하고 놀라곤 한다. 그리고 사람은 시, 분, 초에 따라 계속 변하고 있다. 그러니 어떤 모습이 진짜 나인지 설명해도, 설명이 끝난 후에는 시간이 지나서 바뀌어 있을지도 모른다. 따라서 아무것도 고정되지 않았는데 정의를 내린다는 것이 얼마나 허무한가?

　자기 자신도 마찬가지다. 타인이 나에 대해서 무엇이라 하든, 그리고 내가 나를 무엇이라 생각하든 그것은 그냥 찰나의 환상이나 순간의 규정일 뿐이다. 자신에게도 타인에게도 좋은 사람이 되려고 할 때, 혹은 그렇게 되었을 때마저도 나의 가치관과 행동이 타인의 기준과 다르다면 어차피 그 사람에게 나는 빌런일 수 있다.

　난 지금 감정을 다루는 수업을 하고, 자신을 사랑하는 법을 공유하고 있기에 자연스럽게 좋은 피드백을 많이 받는다. 하지만 그 달콤하고 따뜻한 말들이 나를 다 설명한다고 착각하지는 않는다. 날 그렇게 불러주는 마음이 고맙고 내게 그런 부분이 있다고 인정하지만, 그 자체가 나라고 생각하지는 않는다. 그런 모습은 내 모습 중 하나이며 언젠가 변할 수 있다. 그게 나의 전부라고 착각하는 순간 나는 다시 정체성 안에 갇힐 것이다. 결국 내가 나에 대해

확고히 규정하고 있는 것은 지금 내 모습도 찰나이며 계속 변한다는 사실이다.

그리고 주변의 환상대로, 혹은 내가 원하는 모습만 가진 사람인양 착각하고 행동하는 자기기만을 할 수 있다. 이때 나의 다른 모습이 나오면 부정하거나 당황한다. 그저 이 모습도 나, 저 모습도 나의 일부라 생각하자. 어차피 모든 건 지나가며 순간적이다. 난 모든 존재가 사랑 그 자체라고 생각하지만, 당연히 누구나 마음속에 천사와 악마가 공존한다. 선과 악은 공존하므로 하나만 존재할 수 없다. 그저 어느 쪽에 힘을 더 실어줄지 매 순간 선택할 뿐이다. 모든 사람은 이러한 아이러니를 안고 살고 있다. 완전히 상반된 모습도 동시에 존재한다. 그러니 타인에 대해서, 내가 아는 사람이 아니라고 실망할 필요도 없지만, 스스로 그럴 필요도 없다.

좋고 나쁨을 나누는 것도 큰 의미가 없지만, 굳이 나눠서 부정적인 타이틀과 긍정적인 타이틀을 자신이라고 판단하는 순간을 경계하자. 이러한 정체성은 타인이 붙여준 것일 수도 있고, 나 자신이 규정했을 수도 있다. 이러한 규정 자체가 잘못됐다는 말이 아니라 그것만이 나 자신이라고 착각하면 문제가 생긴다.

자신이 정말 좋은 사람이고 밝고 착하기만 하다는 착각에서 깨어나자. 만일 타인에게 그런 환상을 갖고 있다면 그 착각에서 깨어나자. 그냥 환상일 뿐이다.

당신이 보는 나는 천사일 수도 있지만 고개를 돌리면 날 악마로 보는 사람도 있다. 그건 놀라운 일이 아니다. 결국 나도 누군가에게는 빌런일 수밖에 없고 당신도 마찬가지다. 이걸 인정하면 더 자유로워진다. '언제까지나 이렇기만 한 나'라는 하나의 고정된 모습은 없다. 나도 당신도 누군가에게는 빌런일 수 있다.

말을 잘 선택해서 꺼내자

1. 상대방과 말할 때

말이란 무엇인가? 내 생각과 감정을 음성으로 전달하는 수단이다. 그러니 내 말에는 내 생각과 감정이 실려있다. 말이 씨가 된다는 말이 괜히 있는 게 아니다.

- 나도 모르게 그렇게 말이 나갔다.
- 내 마음과 다르게 말이 나갔다.
- 뱉고 나서 후회했다.

말 수업에 와서 이런 고민을 상담하는 분들이 적지 않다. 일단 나도 그랬다. 마음에도 없는 말을 했고 항상 말에서 짜증이 묻어났다. 말투가 날카로워 말끝마다 비속어를 섞어 쓰는 것은 기본이고, 속이 시원해질 때까지 상대를 짓밟는 말을 했다. 가까운 사이

일수록 더 깊이 찌르면서 말을 했다. 한마디로 내 말에서는 악취가 진동했다.

모두 그런 경험이 있을 것이다. 누군가에게 아주 오래전에 들었는데 아직도 상처로 남은 말 한마디가 있는 반면 아직도 힘이 되는 말 한마디가 기억에 남는. 그 정도로 말의 힘은 엄청나다. 이렇게 시간이 지날수록 희미해지지 않고 더욱 선명하게 새겨지는 기억을 싣는 말도 있다.

말 한마디로 천 냥 빚을 갚는다는 속담이 있다. 하지만 반대로 말 한마디로 천 냥 빚을 질 수 있다. 그러니 항상 말을 조심해서 선택해야 한다. 하지만 우리는 그 방법을 잘 몰라 어설프게 예쁘고 다정하게 꾸며서 뱉는 말이 좋은 말이라고 착각한다. 그러니 서너 번 노력해보고 안되면 포기한다.

우선 말을 하기 전에 기본적으로 감정과 생각을 관리해야 한다. 감정과 생각이 잘 통제되지 않으면 말을 다듬어서 내보내는 건 사실 불가능하다. 말은 그저 감정과 생각을 전달하는 수단일 뿐이다.

1) 핵심 감정 찾기

말을 하기 전에 내 핵심 감정을 파악해야 한다. 잠시 '내 진짜 감정이 무엇인지' 찾아보자. 보통 자신이 화나고 짜증 났다고 생각하는데, 사실 그 안에는 두려움, 속상함, 슬픔, 서운함 등 다양한 감정이 숨어있는 경우가 많다. 하지만 두려운 걸 두렵다고 표현해보지 못했고, 슬픈 걸 슬프다고 표현하지 못했고, 서운한 걸 서운하다고 표현하지 못한 채 어색해서 화를 내거나 짜증으로 표출하는 경우가 대부분이다. 하지만 낯설고 어렵더라도 먼저 핵심 감정을 알아차리고 제대로 불러줘야 한다.

2) 인정하기

자신의 핵심 감정을 알아차렸으면 어떤 감정이든 스스로 인정을 한다. 그 감정은 생길만하니까 생긴 것이다. 내 나이가 어떻고, 유치하다는 꼬리표는 붙이지 말자. 그냥 그런 감정이 올라온 것이다. 이유 없는 감정은 없다. 그러니 먼저 어떤 감정이든 인정해주고 그 감정과 함께 있자.

- 화난 줄 알았는데 서운하고 속상했던 거네. 그럴만하지.
- 짜증 난 줄 알았는데 인정받고 싶은 마음에 섭섭하고 초라하다고 느낀 거네. 섭섭할 만하지.
- 답답해하는 줄 알았는데 미안하다고 느낀 거네. 미안함을 느낄 만하지.

이렇게 자신의 핵심 감정을 찾아서 인정해주고 느껴주는 것만으로도 어느 정도 감정이 가라앉는다. 원래 감정을 부정하면 감정은 더 발악한다. '나 여기 있는데 왜 모른척해!' 하면서 오히려 폭발한다. 하지만 바르게 감정을 불러주고 인정해주면 머물다가 지나간다. 감정 자체가 내가 아니기 때문이다. 만약 지나가지 않는다면, 지나갈 때까지 그 감정과 충분히 같이 있자. 내 감정에 대한 책임을 상대에게 묻는 게 아니라 스스로 감정을 처리할 시간을 갖자. 내 감정은 언제나 내 책임이다. 그렇다고 '책임'이 '잘못'을 의미하지는 않는다.

3) 대화의 목적 생각하기

자신의 감정을 다루지 못해서 마음과 다르게 말이 나가는 경우가 많다. 당장 자신의 감정에 사로잡히면 대화의 목적을 잃게 된다. 원래 상처를 줄 마음은 없었는데 주고, 싸울 생각은 없었는데 싸우고, 생각과 다르게 말이 나가고, 마음에도 없는 소리로 서로 얼굴을 붉히게 된다. 이제 입을 열기 전에 대화 목적을 생각하자. 이 대화가 관계 개선을 위한 것인지, 싸워서 이기려는 것인지, 타협을 위한 것인지, 자존심을 내세우기 위한 것인지, 상대를 위한 것인지, 그저 답답해서 속시원해지려고 조언과 충고를 던지고 싶은 것인지, 방법을 알려주고 싶은 것인지, 화해하고 싶은 것인지, 당장 화나니까 따지고 싶은 것인지, 사과하고 싶은 것인지, 그냥 변명을 늘어놓고 싶은 것인지 판단하자.

대화의 목적이 확실하면 대화는 한결 매끄러워진다. 당장 드러난 감정 속에 어떤 핵심 감정이 숨어있는지 알아차리고, 그 핵심 감정들은 스스로 인정하고 토닥여주고, 이 대화의 목적이 무엇인지 정리하면 말이 어긋날 일은 거의 없다. 아무렇게나 감정을 쏟아

붓지 말고 항상 목적에 맞게 대화를 하자.

4) 상대를 탓하지 않고 전달하기

감정이 격양되면 상대를 향해 비난하는 말을 사용하기 쉽다.

- 너 때문에 일이 이렇게 되었어.
☞ 나는 일이 이렇게 되어서 지금 당황스러워.
- 너 때문에 내가 기분이 상했어.
☞ 나는 그 말을 들으니(이 상황이 되니) 너무 속상하네.

그러면 상대는 본인이 잘못을 했어도, 갑작스러운 공격에 방어 기제를 사용한다. 미안하다는 사과가 아니라 '그게 아니라…'면서 변명한다. 하지만 대화의 목적이 상대의 자존심을 깎아내리고 굴복시키고 감정 다툼을 하는 것일까? 그렇지 않다. 이 불편한 상황 속에서 속상한 자신의 마음만 전달하면 그만이다. 그런데 남을 공격하고 비난하는 말투를 쓴다면 원하는 대화를 하기 어렵다. 순식간에 '내 잘못인 건 알겠는데 말을 꼭 그런 식으로 해야 하냐'며 감정싸움으로 번질 수 있다. 상대 탓을 하지 말고, 본인의 감정이 어땠는지 진솔하게 전달하고 원하는 것을 말하면 한결 대화가 부드러워질 것이다.

5) 상대의 마음을 녹이는 대화

상대의 핵심 마음을 들여다보고 그것을 녹이는 대화법은 실생활에서 사용하면 정말 좋다. 이것은 상대의 마음을 내가 다 파악하고 있다는 자세가 아니다. 상대의 마음을 이해하려는 노력이 들어간 대화다. 소리 지르고, 화내고, 울고 있는 상대의 감정 표현에 덩달아 휩싸이지 말고 상대가 지금 어떤 마음일지 생각해보는 것이다. 핵심 감정을 찾으면, 먼저 내가 말을 해서 녹이는 것이다. 상대 마음에 속상함이 느껴진다면, 상대가 속상하다고 말을 하지는 않지만 '참 속상할 거 같네요.' 하고 내가 먼저 상대의 마음을 이해함으로써 풀어내는 것이다. 한때, 지하철에서 울부짖는 어떤 중년 남성을 경찰이 제압하려 해도 잘 안 되었는데 청년이 조용히 다가가 안아주자 안정을 찾은 영상이 인터넷에 올라왔다. 그 청년은 울부짖는 감정 표현 안에서 마음이 어땠을지를 보고 조용히 위로해준 것이다. 내 감정을 먼저 돌보지 못하면 상대의 감정은 보이지 않는다. 내가 내 감정을 인정하고, 감정에 휩싸이지 않고, 목적에 맞는 대화를 할 수 있다면, 상대의 마음을 녹이는 대화도 가능해진다. 우리는 누구나 자기 마음을 알아주는 이에게 마음이 열린다. 그리고 그것이 진심인지 아닌지도 귀신같이 알아챈다. 내 마음을 알고 나서 상대의 마음도 헤아릴 수 있는 대화라면 양쪽 모두 소통에서 오는 즐거움을 발견할 것이다.

6) 나 자신과의 대화

이번에는 나 자신과의 대화에 대해 살펴보겠다. 나에게 말을 한다는 것은 혼잣말을 의미하지 않는다. 속으로 하는 말도 말이다. 그냥 입 밖으로 꺼내지 않았을 뿐, 내 온몸의 세포와 날 둘러싼 에너지가 기억한다. 귀에 들리지 않아도 내 온몸과 정신이 듣는다.

예를 들어 거울을 보고 속으로 '오늘 괜찮은데?' 하는 것도 모두 내게 전달된다. 그러니 입 밖으로만 뱉는다고 말이 아니다. 나 자신을 향한 생각, 감정, 평가도 자신에게 던지는 말이다. 우리는 스스로에게 어떤 말을 하고 있는가?

- 왜 이러지?
- 왜 저 사람처럼 못하지?
- 내 몸이나 얼굴이 마음에 안 들어.
- 조금만 더 예뻤으면 좋았을 텐데.
- 왜 이렇게 멍청하지?
- 왜 이렇게 한심하지?
- 내 인생이 마음에 안 들어.

이런 식으로 습관처럼 자기 자신을 비하하는 말을 하지는 않는가? 이런 말 외에도 수많은 비하하는 말이 있을 것이다. 지금 거울이 있다면 꺼내 보고, 없다면 핸드폰 카메라를 켜서 자신의 얼굴을 바라보자.

나는 내가 죽을 때까지 함께 하는 존재다. 나의 처음이 그랬듯이, 내 마지막 순간도 나와 함께한다. 내게 있었던 모든 일, 나를 스친 모든 감정과 생각들을 나 자신만큼 생생하게 기억하고 있는 사람은 없다.

나와 당신은 스스로 얼마나 소중한 존재인지 태어나는 순간부터 이미 알고 있었다. 평생에 걸쳐 잊고 있던 사실을 하나씩 알아갈 뿐이다. 삶은 그것을 되찾는 과정이다. 따라서 나의 가치를 확인하고, 사랑받으려고 애쓸 필요가 없다. 애초에 충분했다.

제발 자신을 함부로 대하지 말고 자신에게 나쁜 말을 하지 말자. 그건 곧 세상도 나를 그렇게 대하도록 만드는 것이다. 나 자신을 방치하고 학대하고 미워하고, 나 자신에게 혐오스러운 말을 던질 권리는 나에게도 없다. 그 권리는 그 누구에게도 없다. 오늘 당신 자신에게 무슨 말을 했는가? 입 밖으로 뱉지 않았어도, 자신에 대한 모든 감정과 생각과 판단이야말로 자신에게 하는 말이다. 이 말은 온몸 구석구석의 세포들과 영혼과 삶에 전달된다.

말도 선택이고 나에 대한 감정과 생각과 판단도 선택이다. 전에는 몰랐다고 해도, 이제 알게 된 이상 이전으로 돌아갈 수 없다.

자신에게 좋은 말을 해주자. 좋은 생각과 감정으로 채워주자. 자신은 누구보다 소중하다. 자신의 삶에서 자신보다 소중한 것은 절대로 있을 수 없다.

만일 나 자신보다 어떤 사람을 더 사랑해서 그 사람 대신 죽는다고 해도, 사실 그것은 그 사람을 나 자신보다 사랑해서 대신 죽는 게 아니라 그 행동이 내가 마음이 편하고 사랑의 방식이니까 마음 가는 쪽으로 행동했을 뿐이다. 결론적으로는 자기 자신을 위한 행동이다. 따라서 나에 대한 마음 이상을 타인에게 줄 수는 없다. 왜냐하면 나 자신이 가진 것만 줄 수 있기 때문이다.

타인에게 좋은 말, 예쁜 말, 다정한 말을 아무리 해도 스스로 언어 학대를 일삼으면 아무 소용없다. 밖에선 좋은 사람인데 가정에선 그렇지 못한 사람들을 보면 어떤 생각이 드는가? 이런 사람들은 뭐가 소중하고 중요한지 전혀 모르는 사람이다. 그러는 당신은 타인에게 친절한 만큼 자기 자신에게도 친절한가?

가장 소중한 건 나 자신이다. 잊지 말자. 잊을 것 같으면 이마에 커다랗게 문신을 새기자. 백번 말해도 지나치지 않는다. 타인에게 못할 말은 자기 자신에게도 절대 하지 말고 예쁘게 말하자. 습관처럼 스스로 비웃고 욕해도 알아차리고 바꾸면 된다. 자신에게 좋은 말을 하는 것도, 나쁜 말을 하는 것도 습관이다. 이제 자각했으니 앞으로 어떻게 할지 선택하자. 선택이 습관이 되고, 습관이 지속되면 성격이 되고, 다시 성격이 운명이 되고 삶 자체가 될 것이다. 자신에게 어떤 말을 해주고 싶은가? 어떤 감정을 느끼고 어떤 생각을 하고 싶은가? 지금 선택하자.

[내가 자주 하는 말들]
- 나는 나여서 좋다.
- 나는 항상 풍요롭다.

- 나는 지금 이 순간, 온전하고 충분하다.
- 나는 운이 좋다.
- 나는 세상을 사랑하고 세상은 나를 사랑한다.
- 나는 나를 사랑한다.
- 나는 몸과 정신이 건강하다.
- 나는 나만의 길을 걷고 있다.
- 나는 주어진 것에 감사한다.

Mission

1. 자신의 평소 대화 방식을 떠올려 보고, 누구의 영향을 받았는지 생각해보자.
   일반적으로 부모님이나 자신이 속한 집단의 영향을 받는다.
   * 이때 자신의 말투, 대화 방식을 비난하지 말고 그렇게 된 이유를 이해하자.

2. 말하고 후회한 적이 있다면 그 상황을 다시 떠올린 다음 앞으로 그러지 않도
   록 연습해보자.

2-1. 당시의 핵심 감정을 찾아보자.

2-2. 핵심 감정을 인정하는 시간을 갖고 느끼고 공감하고 이해하자.

2-3. 대화의 목적이 무엇인가? 목적에 맞게 내 입장을 전달해보자.
　이때 내 감정을 설명하고 상대에게 원하는 것을 말해보자.

3. 자신과 자신의 삶을 향해 습관처럼 내던지는 말 중 부정적인 말이 있다면 무엇일까?

4. 내 말이 내 인생에 거는 주문이라면 자주 하는 말을 어떻게 바꿀 수 있을까?

4장

세상 속의 나일까
내 안의 세상일까?

내가 허락하면 세상은 날 사랑한다

세상은 하나가 아니다. 모두에게는 각자의 세상이 있다. 세상이 단 하나라면 사람들이 말하는 '세상'은 다 똑같겠지만, 각자 다른 세상을 살고 있기에 결국 각자 자신만의 세상이 있을 뿐이다.

우리는 각자 다른 삶을 살고 있고 태어날 때부터 다른 환경에서 다양한 가치관을 습득하며 성장했다. 그래서 내가 당신을 온전히 이해하고, 당신이 날 온전히 이해하는 일은 불가능에 가깝다. 난 당신의 삶을 살아본 적이 없고, 당신은 내 삶을 살아본 적이 없기 때문이다. 하지만 사랑이란 신어본 적 없는 신발을 조심스레 짐작해보는 것, 안다고 단정은 못하지만 이해하기 위해 노력해보는 것 아닐까? 당신이 그동안 어떤 삶을 살아왔는지는 모르지만, 결국에는 당신이 원하던 삶이 펼쳐지길 두 손 모아 기도한다. 이름도 얼굴도 모르는 당신이 행복했으면 좋겠다.

내게 세상이란 불공평한 곳이었다. 내가 애쓰지 않으면 패배자가 되고 패배하면 죽음뿐인 전쟁터였다. 마치 세상은 성공하거나 실패하거나, 이기거나 지거나, 앞서 나가거나 뒤처지거나, 잘나거나 못나거나 하는 양극단의 장소였다. 어린 시절부터 외모, 성적, 실력, 재산을 기준으로 얼마나 많이 사람들을 분류하고 비교하는지 보면서 자랐다. 우리에게 필요한 건 경쟁이 아니라 서로 사랑하는 마음인데, 경쟁이 당연하다는 듯한 분위기에서 벗어날 수 없었다.

지금 생각해보면 사람들이 미치지 않는 게 이상하다. 예뻐져라, 멋있어져라, 너의 가치를 증명하고 노력해야 사람들이 널 인정하고 사랑한다는 메시지가 판치는 가족 구성원, 사회 분위기 속에서 어떻게 자기 중심을 잃지 않고 살 수 있을까? 그러므로 어떤 이유로든 남들과 비교하고 힘들었고 뒤처지기 싫어서 불안했다면 그건 당신 잘못이 아니라고 말하고 싶다.

나는 초등학생 때 굉장히 말랐었다. 그때는 말랐다는 말을 들어도 살을 찌워야겠다는 소리는 듣지 못했다. 살집이 있는 친구들이나 언니들은 날 부러워했다. 그러다 내가 살이 찌자, 여기저기서 살을 빼라는 말을 많이 들었다. 마치 살이 찐 것이 죄인 듯 서슴없이 내게 살을 빼라고 했다. 살찌니까 보기 싫고 둔하다는 말도 자주 들었다. 아무도 내게 그런 말을 하지 않았더라면, 살이 찌면 게으른 사람이고 못난 사람이고 자기 관리를 못 하는 사람이고, 살이 빠져야 멋지고 남들 보기 좋고 자기 관리를 잘하는 사람이라는 강박감이 들지 않았을 것이다. 다시 말해, 살찌면 사람들이 날 사랑하지 않고, 날씬해야 사람들이 날 사랑한다는 관념이 생기지 않았을 것이다. 이미 여러 미디어에서 예쁘고 멋지고 날씬하면 더 사랑받고 인정받을 수 있다는 듯이 떠들면서 이것을 하고 저것을 사라고 한다. 물론 겉보기에 예쁘고 멋진 건 좋을지 모르지만 그것이 사람 고유의 가치를 결정할 수는 없다. 나는 이런 착각에서 벗어나 얼마나 다행인지 모른다.

또한 사람마다 좋아하고 잘할 수 있는 것이 다르다는 건 상식이다. 춤을 좋아하고 잘 추는 사람에게, 왜 저 친구만큼 수학을 잘 풀지 못하냐고 사람들은 묻는다. 몸을 움직이고 싶어 하는데 자꾸 앉아있으라고 한다. 미칠 지경이다. 하지만 어린 시절에는 모른다. 그냥 그런가 보다, 내가 게으른가 보다, 내가 머리가 나쁜가 보다, 내가 혼날만하다고 여긴다. 조용히 책 읽는 걸 좋아하고, 나서는 걸 좋아하지 않는 사람에게 많은 사람 앞에서 당당하고 멋지게 발표를 하라고 압박한다. 흥미와 재능은 따로 있는데, 엉뚱한 걸 요구한다. 제발 그만하자. 칭찬받고 좋은 점수를 받으려고 태어난 건 아니다. 이런 착각에서 벗어나야 나도 누군가에게 똑같이 행동하지 않는다. 자신에게 내가 아닌 무언가가 되라는 요구를 멈추는 순간 다른 세상이 펼쳐진다.

강남만 가도 지하철이나 길거리에 성형외과 광고를 쉽게 볼 수 있다. 때로는 지나치게 많다는 생각이 든다. 꼭 필요한 사람에게는 성형이 엄청난 삶의 변화를 가져다준다. 하지만 필요 이상으로 성형외과 광고는 계속해서 예뻐지라는 메시지를 던지면서 멀쩡한 얼굴에 손을 대게 만든다. SNS에서도 비교를 부추긴다. 이걸 사서 사용해봐. 그래야 뒤처지지 않고 무시당하지 않고 사랑받고 인정받을 수 있다고 하면서 끊임없이 메시지를 던진다. 이렇게 자연스럽게 노출된 환경에 익숙해지면 뭐가 이상한지도 모르고 무의식에 각인될 수 있다.

이런 말을 늘어놓은 이유는 세상이 날 사랑하지 않는다고 생각해 뒤처지지 않기 위해, 잘나기 위해, 버려지지 않기 위해 애를 쓴 당신이 그럴만했다고 말하고 싶었기 때문이다. 절대로 당신이 어둡고 못나서가 아니라 그럴 수밖에 없었던 것이다.

어쩌면 이런 의문이 들 수도 있다. 내가 멋지지 않아도, 잘나지 않아도, 실력이 없어도, 돈을 못 벌어도, 예쁘지 않아도, 멋지지 않아도, 가진 게 없어도, 명예가 없어도 괜찮은가? 사랑받고 인정받을 수 있을까? 정말 그럴까? 그렇다.

잠시만 날 둘러싼 타인으로부터 자신을 떨어지게 해서 온전히 나 혼자의 시간을 가져보자. 적어도 이 책을 읽는 순간만큼은. 누가 가장 날 그렇게 보고 있는가? 세상이 자신을 미워하는 것 같은가? 가장 못나게 보고 있는 것 같은가? 나이에 맞는 모습을 갖추고 있으라고 하는가? 사실 누가 가장 자신에게 그런 압박을 주고 있는 걸까? 바깥세상일까 타인일까? 바로 자기 자신이다.

각자의 세상은 자기 자신에게 달려있다. 내가 나를 어떻게 보는지에 따라 세상이 날 어떻게 보는지 결정된다는 걸 조금씩 경험하다 보면 이 말이 와닿을 것이고 이 세상 모든 존재가 내 마음이 비치는 거울일 뿐임을 알 것이다. 사람마다 다른 세상을 살고 있으니 이 세상이 어떤 곳이냐고 물으면 각각 다른 답을 내놓을 것이다. 각자 자신만의 세상을 살고 있다. 자기 자신을 대하는 방법으로 세상이 자신을 대하는 것을 체험하면서.

그렇다면 이 세상이, 내 세상이 나를 사랑하도록 하려면 어떻게 해야 할까? 이 세상이 나를 사랑하도록 허락하면 된다. 사실 허락을 받을 필요 없이 원래부터 세상은 나를 사랑해왔다. 잘못된 관념들로부터 내가 믿지 못하고, 밀어내고, 내 관념을 투사해서 세상을 바라보았을 뿐이다. 세상이 나를 사랑하도록 허락하려면 나를 사랑하는 용기가 필요하다. 각자의 세상은 자기 자신이 만들어야 한다.

나를 제대로 사랑하기 위해서는, 우선 자신을 이해하고 용서하고 받아들여야 한다. '이 세상은 날 사랑한다'는 사실을 의심 없이 믿으려면 내가 그럴만한 사람이라고 여겨야 한다. 하지만 그게 쉽지 않으니 용기가 필요한 것이다. 나를 포함해 이 세상 모든 사람이 당신에게 세상은 당신을 사랑하고, 당신을 응원하고, 당신이 행복하길 바란다고 목이 쉬도록 외친다고 해도 스스로 믿지 못하고 밀어낸다면 아무 소용이 없다. 하지만 누가 내게 이 세상은 남보다 앞서야 인정받고, 노력해야 사랑받을 수 있는 곳이라고 거짓된 관념을 씌우려고 해도, 그 거짓된 관념에 속지 않을 만큼 단단해지고 이 세상이 날 사랑하고 있다고 온전히 내맡긴다면 내 목소리 말고는 소용없어지는 것이다. 모든 목소리는 내 안에 없었으면 애초에 들리지도 않았을 것이다. 그러니 내가 집중하는 대상이 변하면 모든 것이 변한다.

결국 세상은 바로 나 자신인 셈이다. 이 세상이 날 사랑하게 할지 미워하게 할지는 온전히 나의 몫이다. 내가 날 사랑한다면 세상도 날 사랑할 것이고, 날 미워한다면 이 세상도 날 미워할 것이다. 당신이 어떤 모습이든 있는 그대로 사랑할 수 있고, 사랑받을 수 있다.

방금 태어난 갓난아이를 떠올려보자. 아이는 옷 하나 걸치지 않고 태어났다. 그냥 존재 그 자체다. 그걸 모르고 아이를 낳는 사람은 없다. 아무것도 하지 않아도, 애쓰지 않아도, 잘나지 않아도 우리의 존재는 아무런 조건 없이 존재만으로 온전하고 완벽한 사랑 그 자체이다. 마음의 문을 조금씩 열다 보면 이런 메시지가 언제나 내 곁에 있었고, 지금도 함께 하고, 앞으로도 함께 한다는 사실을 머리가 아니라 마음으로 온전히 알 수 있다. 부디 자기 자신에게 친절해지자. 자신에게 먼저 따뜻하게 대하자. 조건을 걸지 말고 가치를 증명하려 애쓰지 말자. 이 세상이 당신을 사랑하도록 허락하고 자기 자신을 사랑하자. 당신이 믿든 말든 당신의 세상은 당신을 언제나 사랑하고 있었고, 사랑하고 있고, 앞으로도 사랑할 것이다. 단지 언제 알아차리느냐에 달렸을 뿐이다.

애쓰지 않고 쉽게 행복해지는 법

행복은 별거 아니란 말은, 행복이 어렵고 멀게만 느껴지는 사람들에게는 정말 낯설고 와닿지 않는 말이다. 내겐 너무 어려운데, 낯선데, 노력해야 가질 수 있을는 거 같은데 별거 아니라고? 어찌보면 등 따뜻하고 배부른 행복 찬양론자들의 말처럼 느껴지기도 한다. 행복의 사전적인 정의가 아니라 행복이 자신에게 어떤 의미인지를 먼저 생각해보자. 여기서도 자기 자신으로부터 시작하자. 사실 행복이란 개념 그 자체보다 내가 행복을 어떻게 바라보고 있는지가 더 중요하다.

누군가에게 행복은 굉장히 거창한 목표와도 같다. 그래서 행복해지기 위해 온갖 노력을 한다. 이렇게 하면 행복해질까 저렇게 하면 행복해질까? 그렇게 노력해서 행복해진다면 그나마 다행이지만 그 기준이 거창하고 높을수록 행복에 도달하기란 쉽지 않다. 이렇게 되면, 당연히 인생에서 행복한 날보다 그렇지 않은 날이 훨씬 더 많다. 행복해지기 위해 노력한다는 것은 그 노력이 없으면 행복해질 수 없다는 말과 같다.

또 다른 이에게 행복은 낯설고 어려운 것이다. 자신에게 행복은 사치와도 같아서 감히 가질 생각도 못 하고 미리 포기한다. 불행에 익숙한 사람 중에는 오히려 불행을 굉장히 편하게 느끼는 사람들이 많다. 언제 행복이 깨질지 모르니까 그들은 행복이 찾아오면 불안해한다. 그래서 그들은 오히려 다시 불행해지면 안심한다. 가난도 똑같다. 입으로는 부자가 되고 싶고 가난에서 벗어나고 싶다고 외치고 노력하지만, 이미 가난에 너무 익숙해져서 벗어나기 쉽지 않다. 앞으로 다가올 새로운 변화보다 힘들지만 익숙한 불행을 편안하게 느끼는 것이다.

또 다른 이에게 행복은 별거 아니다. 그들에게 행복은 목표가 아니라 그냥 발견이다. 그들은 사소한 것에도 감사하고 행복을 느끼고 어떤 노력 없이도 아주 쉽고 편하게 행복해진다. 아침에 눈을 뜨면 눈을 뜰 수 있어서 행복하고, 시원한 물 한 잔을 마실 수 있으면 그것에도 행복을 느낀다. 지나가는 새 소리에도 행복하고, 친구와의 대화에도 행복하고, 일하면 일을 할 수 있어서 행복하고, 쉰다면 쉴 수 있어서 행복하다. 사람마다 발견하는 행복은 다르겠지만, 결국 애쓰지 않고 쉽게 행복해지는 방법은 이것이다.

이제 행복의 기준을 낮추고, 행복을 목표가 아니라 발견이라고 정의하자. 행복을 쉽고 편하고 자주 발견되는 존재로 만드는 건 어디까지나 자신이다. 물론 쉽지 않지만 지금까지 이 책에서 제안한 내용 중 쉬운 게 어디 있었는가? 나도 처음엔 너무 힘들었지만 결국 나만 허락하면 가능하다. 그것만으로도 희망이 아닐까? 이것은 가능과 불가능이 아니라 선택과 노력일 뿐이다. 내가 된다고 확신하면 반드시 그렇게 된다. 그러면 나를 둘러싼 세상은 알아서 그것에 맞춰서 재창조되고 새로운 퍼즐이 맞춰지기 시작한다. 아무 조건 없이 느끼는 행복을 택하자.

행복의 기준이 높았고, 행복이 늘 목표였던 삶을 살다가 행복의 기준을 낮추고 행복을 발견으로 생각하는 삶을 살려고 하면 당연히 처음엔 어렵고 낯설다. 그런데 한 사람의 가치관, 습관, 태도, 삶이 한 번에 바뀌기를 바라는 건 욕심이다. 큰 변화를 바라면 그에 맞는 노력을 하자.

결핍투성이, 불만투성이의 습관을 버리지 못하면 언제나 내가 왜 결핍 상태인지를 보여주는 세상 속에 갇혀서 살 수밖에 없다. 왜냐하면 모든 걸 바라보는 내 마음의 눈 자체가 결핍의 눈이기 때문이다. 하지만 현재 있는 것, 감사한 것, 행복을 발견하는 것에 초점을 맞춘 습관은, 언제나 내가 왜 감사한지, 왜 행복한지, 왜 풍요로운 상태인지를 보여주는 세상을 살 수 있게 한다. 왜냐하면 모든 걸 바라보는 내 마음의 눈이 감사와 행복과 풍요의 눈이기 때문이다.

평소에 갖지 못한 것, 경험해보지 못한 것, 내게 없는 것에 주로 불평을 해왔고 쉽게 행복해지지 못했다면 이젠 과감히 내려놓는 연습을 해보자. 행복은 목표가 아니라 발견이라는 것에 동의하고,

하나씩 아주 작은 것부터 찾아보자. 그동안 당연하게 누렸던 수많은 혜택을 정리해보면 당연하지 않았다는 사실을 알게 될 것이다.

행복을 발견하는 재미가 계속되면 감사는 자연스럽게 따라온다. 그러다 보면 나중에는 감사하는 마음도 자연스러워진다. 내게 꼭 무슨 일이 생겨서 감사하는 게 아니라 어떻든 감사한다. 아무리 힘들어도 그 속에서 감사하고 내가 행복할 수 있는 이유를 찾는다. 이 삶에 익숙해지면 절대로 이전 삶으로 돌아갈 수 없다. 결국에는 본인에게 좋은 삶이 어떤 상태인지 알기 때문이다. 그 단계로 가기 위해선 행복에 대한 높고 엄격했던 잣대를 조금씩 내려놓는 연습을 하자. 그러다 보면 아무런 조건이나 기준도 필요하지 않는 상태로 갈 수 있다. '그래서 감사해요. 그래서 행복해요'가 아니라 '그래도 감사하고 행복해요'가 되는 것이다.

마음 편하고 즐거울 때 감사하고 행복해하는 건 누구나 할 수 있다. 하지만 힘들고 마음이 무너졌을 때, 감사할 대상이 하나도 없고 불행의 구덩이 속에 있을 때, 감사하고 행복을 발견하기는 쉽지 않다. 그 속에서 감사와 행복거리를 단 하나라도 발견할 수 있으려면, 그전에 일상에서 사소한 행복을 찾는 훈련을 부지런히 해둬야 한다. 그 훈련들이 쌓여 습관이 되고, 성격이 되고, 결국 운명이 되면 어떤 일이 닥치든 당신을 지탱하는 힘이 될 것이다.

따라서 행복은 어디까지나 본인이 발견하는 능력에 달려있고, 결국 자신의 선택이다. 계속 불행 속에서 저 멀리 있는 행복을 위해 애쓰며 사는 대신 쉽고 편하게 행복을 느끼는 삶을 위해 생각과 행동을 바꾸자.

지금 이 글을 읽기 힘든 사람은 없을 것이다. 하지만 우리 모두 처음에 'ㄱ' 하나도 읽지 못했던 시절이 있었다. 지금은 아무렇지도 않게 글을 읽지만 분명 읽을 줄 몰랐던 시절에는 'ㄱ'부터 배우기 시작했다. 마찬가지로 연습하고 발견하다 보면 언젠가 애쓰지 않고도, 아무렇지 않게 행복을 누리고 있는 자기 자신을 발견할 것이다. 바로 그것이 당신의 삶 자체일 테니 당신은 아무 조건 없이 행복할 수 있다.

[주의할 점]

앞서 말한 감정 부분과 이 부분을 동시에 받아들이기 혼란스러울 수 있으니 단계별로 연습해야 한다. 자기 감정을 있는 그대로, 자신을 있는 그대로 받아들이는 연습을 한 다음에, 다음 단계인 어떤 상황에서든 행복과 감사를 발견하는 연습을 해야 한다. 순서를 무시하면 오히려 혼란스러운 상태가 될 수 있다. 억지로 감사하고 행복해야 한다는 강박감에 긍정을 지향하면 오히려 독이 되기에, 반드시 먼저 자신의 마음 상태와 모습을 있는 그대로 수용하는 훈련을 하자.

1. 행복을 목적이라고 생각했다면, 내 행복의 기준이 무엇이었는지 써보자.

2. 현재 내 삶에 주어진 행복을 최소 10가지 찾아보자. 정말 터무니없고 사소한 것도 좋다. 행복한 사람은 원래 행복을 발견하는 능력도 뛰어나다.

3. 자신만의 행복 기준을 세워보자.

물은 그냥 반이 있을 뿐

　잔에 반이 차 있는 물. 그리고 그것을 바라보는 사람. 물은 반밖에 없는 것도 반이나 있는 것도 아니고 그냥 반이 있을 뿐이다. 주어진 상황 자체는 가치 중립적인데 보는 관점에 따라 다를 뿐이다.

　같은 상황이라도 좋게 바라보는 사람이 있고 나쁘게 바라보는 사람이 있다. 긍정적인 태도는 계속해서 상황을 긍정적으로 보게 하고, 부정적인 태도는 계속해서 상황을 부정적으로 보게 한다. 그럼 실제 상황은 좋은 상황인가 나쁜 상황인가? 둘 중 어디에도 속하지 않는다. 어떻게 받아들일지에 따라서 달라질 뿐이다.

　'잔에 물은 그냥 반이 있을 뿐'인 것처럼 모든 상황을 의식적으로 그렇게 바라보면, 내가 부여하는 관념을 새롭게 변화시킬 수 있다. 반이 차 있는 물을 보며, 늘 반밖에 없다고 투정을 부리고 결핍을 느끼는 삶을 살아왔다면, 그렇게 생각하고 있는 자신을 발견하자. 그러고 나면 반이 차 있는 물을 어떻게 바라볼지 자신이 결정할 수 있다.

여기서 긍정적인 태도로 살라는 말을 하고 싶지는 않다. 기존의 관계나 상황에 대해서 다시 한번 생각하는 시간을 가져보라는 것이다. 사람들이 다 그렇다고 하니까 너무 당연하게 생각해서 아무런 의심 없이 받아들이고, 익숙해진 관념들이 사실 그 자체가 아니라 나의 판단이었음을 알 수 있을 것이다.

내 눈 앞에 펼쳐진 현실에 잡아 먹히지 말고 어떻게 바라보고 해석할지 스스로 결정하자. 이것이 바로 자신이 주도권을 갖고 사는 삶이다. 상황이 이러하니 이럴 수밖에 없다가 아니라 이 상황 속에서 내 감정과 판단이 무엇인지 알아차리는 것이다. 내 감정, 판단, 생각을 빼고 상황을 다시 보면 실제로 일어난 일이 무엇이고 내가 어떤 관념을 붙이고 있는지 알아차릴 수 있다. 그러고 나서 어떻게 볼지 다시 결정하는 것이다.

이 방법을 사용하면서 난 정말 자유로워졌다. 온몸과 정신이 가볍고 개운한 이 느낌을 완벽하게 설명할 수 있는 표현은 〈삶의 노예에서 주인으로 전환, 그로 인한 자유〉이다. '내게 이렇게 말해서 기분이 상했어, 이런 상황이라 상처를 받았어, 그래서 난 무너졌어'라는 생각을 이제 멈출 것이다. 가끔 수동적으로 끌려가다가도 금방 알아차리게 될 것이다. 내 기분에 대한 영향력을 타인에게 넘겨주지 않게 될 것이다. 우린 타인과 섞여 사는 존재이기 때문에 당연히 타인의 영향으로부터 완전히 벗어날 수는 없지만, 영향을 받는 즉시 알아차리고 내 기분과 판단을 결정할 수 있다.

우리가 타인은 바꿀 수 없지만 타인의 영향을 받는 나 자신은 바꿀 수 있다. 결국 타인이 아니라 나의 내면을 계속 바라보는 훈련을 해야 한다.

당신이 허락하지 않으면 그 누구도 당신을 무너트릴 수 없다. 다음 단계를 지속적으로 연습해보자.

1. 상황 발생
2. 상황에 대한 나의 반응 알아차리기
3. 상황 자체와 나의 관념 분리하기
4. 나의 관념 교정하기

물론 교정을 할지 말지도 당신의 자유다. 이제 새로운 물이 여러분 앞에 놓여있다. 반이나 있지도 반밖에 없지도 않다. 그냥 반이 있다. 당신은 이제 이 물을 어떻게 바라볼 것인가?

위기인지 기회인지는 아무도 모른다

지금까지 살아온 날을 돌이켜보면, 어떤 상황을 판단할 때 과거와 현재가 다른 부분이 있을 것이다.

- 헤어진 당시에는 너무 슬프고 아프고 힘들었는데, 시간이 지나니까 헤어지길 참 잘했다는 생각이 든다.
- 그 길을 포기하기로 했을 때 좌절과 우울의 나날들을 보냈는데, 시간이 지나니까 차라리 잘된 일이었다.
- 내 인생은 끝났다고 생각했는데, 오히려 새로운 인생의 시작점을 알리는 일이었다.
- 내가 우울증이 있어서 괴로웠는데, 우울증은 내면을 들여다볼 기회를 준 하나의 계기가 되었다.
- 원하던 게 이루어지지 않아서 실망했는데, 지금 생각해보니 그때 이루어지지 않았기에 지금 내가 이것을 할 수 있었다.

이런 생각들 가운데 단 하나라도 떠오른다면, 지금 내 앞에 닥친 상황이 불행하고, 위기라고 느껴져도 미래의 나는 다른 판단을 할 수 있다는 점에 동의할 수 있다. 반대도 마찬가지다. 지금 당장 다행이고 기쁜 일이라고 여겨도, 미래에 내가 어떤 판단을 하게 될지는 알 수 없다. 모든 건 시간 앞에서 속절없이 변한다. 살면서 무엇 하나 불변하지 않는 것은 없다.

지금 당장은 너무 힘들어서 이 말이 눈에 들어오지 않고, 이 메시지가 마음에 와닿지 않을 수도 있다. 하지만 지속적인 경험을 통해 언젠가는 공감하게 될 것이다.

내게 절대 일어나면 안 되는 일도 없고, 내게 꼭 일어나야만 하는 일도 없다. 내가 기회라고 느끼는 이 일이 위기일 수도 있고, 위기라고 느껴지는 순간이 훗날 엄청나게 큰 기회일 수도 있다. 판단하지 않고 살 수는 없겠지만 휩쓸리지 않는 힘은 키울 수 있다.

내게도 정신적으로 힘든 날들 속에서 모든 걸 포기하고 싶었던 적이 있었다. 내가 굉장히 멋지게 사는 줄 알았고, 성공을 향해 달려가는 줄 알았고, 행복하게 사는 사람인 줄 알았는데 그 모든 게 착각이었음을 인정할 수밖에 없는 사건들이 벌어졌다. 나 자신이 행복하게 사는 줄 알았는데, 사실 나를 끊임없이 괴롭히고 외면하면서 살아왔다는 사실을 알게 되었을 때, 중심을 잡을 겨를도 없이 갑자기 무너졌다. 도저히 어떻게 살아가야 할지 막막해서 그냥 죽고 싶었다. 정답이라고 믿고 달렸는데, 모두 다 오답이었다는 생각에, 속 빈 강정이나 고장 난 로봇 같은 느낌이었다. 간신히 숨이 붙어있는 영혼 없는 존재나 마찬가지였다.

하지만 가장 어두운 곳에서 반짝이는 빛이 가장 밝은 법이다. 여러 우여곡절 끝에, 나는 지금 마음에 드는 삶을 살고 있고, 그 방법에 대해서 공유하고 전달하는 코칭 활동을 하고 있다. 지금 생각해보면 위기와 불행이라고 여겼던 모든 순간이 기회였고 그 덕에 지금 나는 나 자신으로 계속해서 살 수 있게 되었다.

당시 위기 상황에서 나는 이런 말을 듣고 있었다. 넌 지금 아파, 그런 거 할 때가 아니야, 지금 너 자신으로 살고 있지 않아, 밖에서 답을 찾지 말고 제발 네 안을 좀 들여다봐, 너 자신부터 좀 챙겨. 그게 먼저야! 그게 정말 네가 원하는 거니? 그냥 인정받고 싶어서 하기 싫은데도 하고 싶다고 착각하는 거잖아?

삶은 나를 계속 두들겼다. 나를 돌아보고 바깥이 아니라 안을 들여다볼 때까지 그래야만 하는 이유를 계속 던져줬다. 그리고 나를 많은 사건 앞에 놓이게 했다.

마침내 도대체 내게 왜 이러냐고 소리를 질렀을 때, 결국 이 모든 상황은 내가 스스로 만들어냈다는 사실을 알았다. 내가 나로 살지 않으면, 내가 나로 살 때까지 그리고 내가 나를 제대로 사랑하지 않으면, 내가 나를 제대로 사랑할 때까지 정말 수단과 방법을 가리지 않고 암시를 준다. 누가 그러느냐고 물으면 그 또한 나 자신이라고 대답할 수 있다. 신이나 영혼 혹은 운명이라 불리는 여러 형태의 나.

그러니 지금 당장 불행과 위기라고 여겨지는 것들 앞에서 좌절하고 있다면, 지금 상황이 내게 무슨 말을 하고 싶은 건지 한번 생각해보자. 세상은 이유 없이 어떤 사건 앞에 나를 놓지 않는다. 우연은 없다. 내가 우울하고, 불행하다고 느끼고, 좌절하고, 도저히 겪고 싶지 않은 위기 앞에 놓였다면, 그게 위기인지 나를 살려서 다른 길로 보내려는 기회인지 지금 당장은 알 수 없고 바로 판단할 수 없다.

　미래의 내가 지금의 나를 어떻게 보든, 미래의 내가 지금의 위기를 기회로 보든, 지금 내가 당장 힘들면 그냥 힘든 것이다. 다만 위기가 닥쳤을 때, '지금 내가 위기라고 판단해도 이게 위기인지 기회인지는 아무도 모른다'는 사실을 알고 있다면 정말 많은 변화가 일어날 수 있다. 그러면 쉽게 들뜨거나 좌절하지 않게 된다. 설사 그렇다고 해도 바로 다시 중심을 잡게 된다. 그렇게 바람이 불어서 잎은 흔들리더라도 중심을 잘 잡고 서 있는 뿌리 깊은 나무처럼 점점 내면이 단단해진다.

　위기에 빠져서 허우적대기보다, 지금 당장 내리는 내 판단이 전부가 아니며, 위기인지 기회인지 알 수 없음을 인정하면 상황으로부터 잠시 벗어나서 조금 더 객관적이고 맑은 정신으로 눈앞의 현실을 바라볼 수 있다. 그러면 더 좋은 해결책을 찾을 수 있을 것이다. 하지만 때로는 어쩔 수 없이 찾아온 위기에 좌절하고 허우적대기도 한다. 어찌 백 번 넘어지고 백 번 다 바로바로 일어날 수가 있을까?

어느 땐 넘어지는 김에 누워있자. 하지만 쓰러져 누워있어도, 한 치 앞도 알 수 없는 상태에서 어둠과 눈물 속에서 누워있기보다 지금 당장 내 판단이 전부가 아니라는 걸 알고 누워있자. 정신없이 눈물에 잠겨 죽느니, 잠기더라도 숨은 쉬는 편이 낫지 않을까?

이렇게 반복하면서, 힘 잔뜩 들어간 채 살았던 지난날과 다르게 이제는 편하게 살자. 그동안의 삶을 전쟁으로 봤다면, 이제는 산책 이나 즐거운 놀이로 받아들이자. 너무 앞만 보고 달려서 음미하 지 못했던 새벽 공기, 달빛, 물, 주변 사람들, 다양한 모습으로 곳 곳에서 사랑을 주는 모든 존재를 돌아보면서 삶을 지나치게 심각 하게 여기지 말고 가볍게 바라보자. 훈련을 통해 이런 시도를 하다 보면, 삶이 빠른 속도로 편해질 것이다. 평균수명까지 살아봐야 고 작 100년 정도 살다 갈 텐데, 왜 그리 긴장하고 힘주며 사는 걸까? 힘을 빼고 편하게 살자.

지금 너무 힘들다면, 가장 어두운 통로를 지나고 있을 뿐임을 기 억하자. 그리고 그곳에서 가장 반짝이는 빛을 만나기 직전이라는 사실을 항상 마음에 두자.

1. 당시에는 위기인 줄 알았는데 시간이 지나고 보니 기회였다고 생각하는 사건이 있다면 써보자.

2. 삶은 통제가 아니다. 마음에 들지 않는 일이 발생했을 때 부정적인 감정에 휩싸여 허우적댈 수 있지만 괜찮다. 그 대신 그다음은 어떻게 할 것인지 자신의 계획을 써보자.

중요한 건 수단이 아니라 목적이다

거창해 보이는 수단에 속지 말자. 무엇을 하든 중요한 건 수단이 아니라 목적이다. 하지만 살다보면 목적과 수단을 정확하게 구분하지 못해서 생기는 오류들이 의외로 많고 목적이 아니라 수단을 위해 자신의 삶을 바치기도 한다. 그리고 나서 이런 말을 한다. '이것만 이루면 행복해질 줄 알았는데 아니야.' 혹은 '이것을 이루지 못해서 나는 행복하지 못해.'

목적: 느끼고 싶은 감정, 마음 상태
수단: 느끼고 싶은 감정, 마음 상태를 위한 모든 것(사다리)

무언가를 소망할 때는 이걸 통해서 얻고 싶은 감정이 무엇인지 먼저 점검해보자. '내가 이걸 통해서 어떤 감정을 느끼고 싶은 거지?' '진짜 목적은 뭐지?' 스스로 묻고 점검하는 것만으로도 정말 많은 것이 달라지고 시야가 넓어질 것이다.

예를 들어 내가 책을 쓰면서 얻고 싶은 것은, 지난날의 나처럼 자기 자신으로 살지 못해서 힘든 분들이, 내가 알게 된 방법들을 통해 조금 덜 방황하고 자신을 사랑하는 방법을 쉽게 익히길 원해서다. 나의 수업을 듣지 못하거나 실제로 만나지 못하는 사람들에게도 책이라는 매개체를 통해 나누고 싶다. 내가 조금이라도 도움이 된다면 그로 인해 나도 분명 행복해질 것이다. 이처럼 경험을 나누어 도움을 주고, '상생의 기쁨'이라는 목적을 위해서 '책'이라는 수단이 필요한 것이다.

목적: 상생을 통해 느끼는 기쁨
수단: 책 쓰기

상생을 통해 느끼는 기쁨이라는 내 목적을 이루게 해줄 수단으로는 책 쓰기 외에도 많은 활동이 있다. 개인 코칭, 그룹 코칭을 열고, 영상을 만들어서 공유하고, 내가 고른 영상들도 공유하고, 좋은 책을 읽고 선물하고, 사람들과 건강한 대화를 하며 서로 좋은 에너지를 주고받을 수 있다. 따라서 책은 내 목적에 도달하기 위한 고마운 수단 중 하나인 건 맞지만, 내 목적을 이루기 위한 유일한 수단은 아니다.

나는 물론 돈을 좋아하지만 돈은 어디까지나 수단일 뿐이다. 돈은 내게 일상생활을 영위할 수 있게 해주는 안정감을 위한 수단이고, 내가 하고 싶은 걸 가능하게 해주는 자유를 위한 수단이고, 아플 때 병원에서 치료를 받을 수 있게 해주는 수단이다. 어디까지나 돈은 수단이다. 물론 너무 돈이 없어서 생존이 문제라면 돈을 수단으로만 생각하기 쉽지 않지만, 그때마저도 목적은 생존 욕구를 보장받는 안정감이지 돈 자체가 아니다. 통장에 찍히는 숫자와 손에 쥐는 지폐 이외에 어떤 기회나 활동, 누군가가 준 선물이나 말 한마디, 나의 가치관, 영감 등도 내게 이런 자유와 안정감, 행복, 즐거움 등을 줄 수 있다. 우리는 돈 자체로 행복한 게 아니라 그 돈과 교환할 수 있는 것이 주는 원하던 감정을 얻어서 행복한 것이다.

목적: 안정감, 자유, 즐거움 등
수단: 돈

연애하고 싶다, 결혼하고 싶다, 유튜브를 하고 싶다, 벤츠를 타고 싶다, 성공하고 싶다, 저 대학에 가고 싶다, 저 회사에 입사하고 싶다, 이 무리에 어울리고 싶다, 자기 계발을 하고 싶다. 누구나 이와 같은 수많은 소망이 있을 것이다. 그렇다면 그 소망을 통해서 내가 궁극적으로 얻고자 하는 감정이 무엇인지 정리해보자. 그리고 그 목적 즉 감정을 얻기 위한 수단이 하나의 방법밖에 없는지도 점검해보자.

주로 문제는 여기서 발생한다. 하나의 수단만을 생각하고, 그 수단이 아니면 난 행복해질 수 없고, 자유로워질 수 없고, 좋은 삶을 실 수 없다고 착각하고 스스로 감옥에 갇히는 경우가 있다. 수단은 수단일 뿐인데, 유일한 '탈출구'로 여기기도 한다. 이것이 아니면 인생이 망하는 줄 알고 자신의 감옥에 갇히고 만다.

목적을 잃고 수단에 매달려서 그 수단이 마치 구원자인 양 행동하며 집착하지 말자. 집착이란 언제나 불안을 동반한다. 내가 갖지 못할 가능성에 지배당하는 것이다. 왜냐하면, 하나의 수단을 통해서만 내가 행복할 수 있다고 착각하기 때문이다. 내 목적을 이룰 때 몰입이 잘 된다면 상관이 없다. 하지만 몰입이 아니라 불안을 동반한 집착이 되고, 그게 아니면 안 된다는 착각에서 벗어나지 못하는 고통은 너무 지옥이다. 자신이 만든 감옥에서 창살 밖의 하늘만 쳐다보는 셈이다. 이제 문을 열고 나오자.

중요한 건 목적이니까 목적을 늘 기억하자. 수단은 언제든지 바뀔 수 있다. 반대로 수단만 중요하게 생각하고 목적을 잊는 그 순간부터 문제가 생긴다. 자신의 목적과 수단이 무엇인지 한번 정리해보면 수단을 바라보는 마음이 달라지고 분명 시야가 넓어질 것이다.

잠시 눈을 감고 생각해보자. 내가 이것을 원하는 이유가 뭐지? 이것을 행하는 이유가 뭐지? 이것을 꿈꾸는 이유가 뭐지? 도대체 어떤 감정에 도달하고 싶은 거지? 그 감정에 도달할 수 있게 도와주는 다른 수단들은 또 무엇이 있지?

어린 시절의 자신을 떠올려보자. 그 아이가 삶이라는 길을 걷는

중이라고 상상해보자. 당신 앞에 아주 길고 긴 인생이란 여정이 있다. 그 가운데 아이가 서 있다. 그 아이한테 무엇을 바라는가? 돈을 많이 벌기를 바라는가? 인기가 많기를 바라는가? 좋은 학교에 가길 바라는가? 타인에게 좋은 사람이길 바라는가? 무조건 열심히 걷길 바라는가? 다른 사람보다 앞서서 걸어가길 바라는가? 쉬지 않고 뛰길 바라는가? 남들에게 비난받을까 봐 전전긍긍하길 바라는가? 다른 사람보다 더 앞서 걷는지 뒤처졌는지 확인하며 걷길 바라는가?

무엇을 바라는가? 그냥 자신 앞에 놓인 길을 가면서 마침내 도착해서도 행복하길 바라는 거 아닐까? 걷는 내내 힘들게 걷다가 도착해서야 웃길 바라는가? 오히려 그 아이가 걷는 내내 자주 행복하길 원치 않을까? 걷는 동안 쉬기도 하고, 꽃도 보고, 하늘도 보고, 그렇게 웃기도 하고 울기도 하며 걷다가 도착해서도 웃는 건 어떨까? 삶이 그런 게 아닐까? 음악이 끝나기를 기다리며 듣는 것이 아니라 음악 자체를 음미하듯이 삶 자체를 즐기자. 어떻게 할 것인가는 결국 자신의 선택에 달려있다. 결과보다 과정이 중요하고, 수단보다 목적이 중요하다는 것을 받아들일지 말지도 역시 각자의 몫이다.

부디 어린 시절의 자신에게 요구할 수 없는 말, 생각, 행동은 지금 자기 자신에게도 하지 말길 바란다. 그 아이가 누렸으면 하는 것들을 지금 자기 자신에게 허락하자. 그 아이가 느꼈으면 하는 감정과 다채로운 경험 그리고 사랑을 허락하자. 행복은 애써야만 얻을 수 있다는 거짓말로 그 아이를 속이지 말자. 어른의 모습을 한 그 아이를 너무 몰아세우지 말자. 조금만 힘내면 잘 해낼 수 있다는 말 대신, 힘 빼도 되고 잘하지 않아도 괜찮다고 말해주자. 이 세상이 아이를 사랑하도록 허용해주자. 그건 나만이 할 수 있다.

산책은 그냥 하는 것이다. 힘주고 열심히 산책하는 사람이 누가 있겠는가? 음악은 느끼며 듣는 것이다. 열심히 힘주며 듣는 사람이 누가 있겠는가? 여행이란 누가 더 여행을 잘했는지 경쟁하지 않고 그저 즐기는 것이다. 삶이 뭐 그리 다르고 대단하길래 이토록 괴롭고 심각하게 생각하는가?

1. 내 삶에서 원하는 목표를 써보자.

2. 목표에 도달하기 위한 수단을 써보자.

3. 도달하고 싶은 마음 상태가 어떤 것인지 써보자.

4. 목표에 이르는 다양한 수단으로 무엇이 있는지 써보자.

당신의 입술 끝에 달린 비밀

말하는 대로 된다, 말이 씨가 된다, 뿌린 대로 거둔다는 말을 한 번쯤 다 들어봤을 것이다. 어떻게 생각하는가? 나는 모든 걸 에너지로 보기 때문에 이 말에 한 치의 의심도 없다. 내가 말하는 즉시 모든 게 눈앞에 즉각적으로 창조된다고 생각해보자. 그러면 어떤 말을 할 것인가? 말은 자기 자신에게 거는 주문이자 자기 삶에 내리는 명령이다.

자신이 습관적으로 하는 말을 잘 들어 보자. 평소에 의식하지 않아서 모르겠으면 온종일 녹음을 해도 좋고, 가까운 사람들에게 물어봐도 좋고, 대화창을 열어봐도 좋다. 자신을 향한 말이든 타인을 향한 말이든 이 세상을 향한 말이든 상관없다. 무엇을 향한 말이든 자신의 입에서 나온 말은 다 자신에게 하는 말이다.

모든 게 텅 비어있다고 생각해보자. 사방에 날 비추는 거울만 있다고 상상해보자. 내게서 나간 것은 다시 내게 돌아오게 되어있다.

안 좋은 에너지를 뱉으면 당연히 안 좋은 에너지가 돌아오고, 좋은 에너지를 뱉으면 당연히 좋은 에너지가 돌아온다. 평소에 어떤 말을 자주 하는지 들여다보고 가능하면 긍정적인 방향으로 바꿔보자.

나는 한때 '짜증 나'라는 말과 욕설을 입에 달고 살았다. 그랬더니 말이 습관이 되어서 욕할 일도 아니고 짜증 날 일도 아닌데 그냥 무의식적으로 짜증이 나고 욕을 했다. 그러다 보니 온 세상은 내가 짜증 내고 욕할 것 천지인 장소가 되어있었다. 내가 뱉은 말이 내 삶을 지배하고 있었다. 짜증에 초점을 맞추니 모든 상황에서 짜증 낼 만한 것을 무의식적으로 찾고 판단하고 있었다. 이래서 언어 습관은 무섭다.

별로야, 내가 그럼 그렇지 뭐, 못해, 하기 싫어, 어려울 거 같아, 불가능해, 뜬구름 잡는 소리야, 나는 틀렸어, 난 운이 없어, 난 재수가 없어, 난 늘 이런 식이야, 최악이야, 나중에 할래 등은 바꿔야 할 말이다.

진정 원하는 걸 말해야 스스로 운을 좋게 만들 수 있다. 자신의 가능성을 활짝 여는 말을 주로 사용해야 한다. 굿, 좋아, 사랑해, 고마워, 운이 좋아, 최고야, 할 수 있어. 이런 말을 자주 하면 그에 합당하게 초점이 맞춰진다. 그리고 좋은 이유, 운이 좋은 이유, 최고인 이유, 할 수 있는 이유에 무의식적으로 집중하게 된다. 그렇게 세상을 보는 시선을 바꿔야 한다.

좋아, 행복해, 멋져, 할 수 있어, 재밌을 거 같아, 도전해보자, 난 운이 좋아, 감사해, 편안해, 즐거워, 사랑스러워, 좋을 거 같아, 저 사람이 가능하면 나도 가능해 등은 일부러 습관으로 만들면 좋은 말이다.

수많은 소원을 이루는 비결은 책과 강연에서 자주 다루는 주제다. 이미 이루어진 것처럼 말하고 느끼라고 한다. 자신의 가능성을 닫고, 자신을 낮게 평가하고, 자신을 비하하고, 세상을 탓하는 말을 하는 대신에 자신의 가능성을 활짝 열고, 자신을 소중히 생각하고, 예뻐하고, 감사함을 담은 말을 사용해보자. 물론 당연히 어렵다. 나는 욕쟁이에다가 부정적인 언어만 골라 쓰는 사람이었는데 얼마나 어려웠겠는가? 그런데 어렵다는 말이 곧 불가능하다는 말은 아니다. 내가 했으면 누구든 할 수 있다. 누군가 했다는 것은 누구나 할 수 있다는 증거다.

하지만 바꾸겠다는 결심만으로는 절대 바뀌지 않는다. 습관이 형성되는 동안에는 낯선 훈련이 필요하다. 의식적으로 자신의 말 습관을 파악하고 튀어나올 때마다 바꿔보자. 그리고 생각도 입을 닫고 자신에게 하는 말이니까 습관적으로 안 좋은 생각이 나오면 알아차리고 바꿔보자. 그런 식으로 습관이 되면 나중엔 좋은 말 습관, 생각 습관이 자리 잡아서 그 자체가 성격이 되고, 자신이 자주 하는 말, 즉 자신이 내뿜은 에너지로 만들어진 세상을 경험할 것이다. 지금 당신의 삶은 당신이 자주 했던 말과 생각에 담긴 에너지대로 창조되었음을 눈치채길 바란다.

따라서 지식과 지혜만 쌓지 말고 당장 시작해보자. 아는 것과 하는 것은 다르다. 아는 것만으로는 바뀌지 않으며 행동해야 한다. 자신을 위한 변화인데 행농하지 않고 바뀌길 기대하지 말자. 자신을 위한 최소한의 노력도 안 하면서 세상 탓, 남의 탓, 환경 탓만 하고 자신의 삶이 바뀌길 바랄 수는 없다. 하지만 자신을 위해 용기 내서 한 걸음씩 내딛기 시작한다면, 모든 것이 원하던 대로 달라질 것이다.

여기서 '원하던 대로'는 내가 자주 말하고 생각하고 집중하던 대로를 의미한다. 행복을 원하면 불행에 대한 불평이 아니라 행복을 말하라. 나에게서 나간 말은 다시 내게 돌아온다. 그 에너지는 다른 곳에 가지 않고 부메랑처럼 돌아온다.

복도 끝에 거울

나는 삶이라는 여정을 걷고 또 걸었다. 애초에 왜 태어났는지도 모르고 나 자신이 누군지 나조차도 모르는데, 세상은 내게 가족, 친구, 선생님, 동료, 때로는 낯선 이의 모습으로 말을 걸었다. 어떻게 해야 성공하는 삶인지, 인정받을 수 있는지, 다른 사람들과 어울릴 수 있는지, 행복할 수 있는지, 미움받지 않는지, 어떻게 해야 무시당하지 않는지, 어떻게 해야 뒤처지지 않는지 말을 걸었다.

때로는 나는 누구보다 잘났고, 또 때로는 뒤처졌다. 때로는 앞서 나가는 것 같지만, 때로는 숨이 턱 막힐 만큼 움츠러든 채 맨 뒤에서 서성이고 있었다. 뒤처지는 게 무서웠다. 이 세상이 나를 원하지 않아서 나는 어디에도 두 발 붙이고 서 있지 못하는 건 아닐까 고민했다. 내가 쓸모없다고 여겨져서 인정받지도 사랑받지도 어디에 소속되지도 못한 채 여기저기 배회하다가 결국 아무도 없는 곳에서 쥐도 새도 모르게 처박혀 죽지는 않을까 걱정했다. 그래서 쓸

모 있는 좋은 사람이 되려고 애썼다.

난 걷고 또 걸었다. 어딘가에 도착했을 때마다 이곳이 내가 원하던 곳인가, 이게 내 길인가, 이렇게 사는 게 맞는 건가 질문을 던졌지만, 대답은 언제나 '아니오'였다. '예' 같았지만 결국 '아니오'였다. 그래도 걷기를 멈추지 않았다. 포기하려던 순간도 있었지만 그래도 걷다 보면 나오겠지, 나오겠지 하면서 그냥 걸었다.

그렇게 걷다가 긴 복도를 만났고, 그 긴 복도를 따라 걷는데 기분이 참 이상했다. 발이 가볍고, 눈물이 났다가 웃음이 터지기도 했고, 화도 났다. 하지만 마침내 느낀 건 안도감이었다. 복도 끝에 도착하니 드디어 도착했다고 얼마나 안도했는지 모른다. 어딘가에 도착했을 때마다 '아니오'라는 대답을 받았지만, 이때는 질문조차도 필요 없었다. 너무나도 확실하게 나는 제대로 도착했음을 알 수 있었다.

복도 끝에는 거울이 있었다. 그것은 나를 비추는 거울이었다. 내가 그렇게 사랑받고 싶었고, 인정받고 싶었고, 괜찮다는 말을 듣고 싶었고, 안기고 싶었던 것은 가까운 타인도, 본 적 없는 신도 아니라 나 자신이었다.

애초에 나라는 사람의 기대에 내가 부응해야 할 필요가 없었다. 나의 가치를 애초에 증명할 필요가 없었다. 지금까지 이루었고, 앞으로 이루려는 걸 보여줄 필요도 없었다. 아무것도 하지 않아도, 그 무엇이 되지 않아도 아무런 상관이 없다. 나는 그냥 나로 존재하면 된다. 지금 있는 그대로 괜찮다.

나는 그냥 처음부터 끝까지 온전한 존재였다. 그걸 스스로 인정하지 않고, 받아들이는 방법을 몰라서, 계속 나 자신을 세상에 투사해서 원인을 외부에서만 찾았었다. 소위 잘나가는 사람들의 말을 기준삼아 들으면서 그들과 비교하고 그렇게 되지 못하는 나를 괴롭혀왔다.

지금 이 순간, 그리고 이대로 시간이 흘러서 죽기 직전까지도, 내가 되어야 할 것은 다른 사람이 아니다. 그냥 나는 나로 존재하면 된다. 이 사실을 알고부터 내 삶, 나를 둘러싼 세상이 달라지기 시작했고 하루하루가 달라졌다. 이 변화는 때로 내게 벅찰 만큼 너무 빨랐다. 사람들은 내게 잘 맞는 옷을 입는 것처럼 내 모습이 편하고 행복해 보인다고 했다. 그렇게 달라진 내 분위기가 무엇 때문인지 그들은 궁금해했다.

하지만 자신을 사랑하게 된 것만 달라졌을 뿐이다. 결코 지나치지 않고 부족하지 않게 있는 그대로의 나를 꾸준히 허용하며, 자신에게 완전한 자유를 주면서 존재를 인정하고, 자신을 사랑하고, 이 세상을 사랑하자. 그리고 이 세상이 마음껏 날 사랑하게 허용하자. 아무것도 하지 않아도, 그 무엇이 되지 않아도, 어떠한 증명을 하지 않아도 온전하다. 각자의 세상은 결국 자기 자신의 것이다.

복도 끝에 날 비추는 거울을 마주한 날 이후, 지나간 내 삶을 돌아봤다. 내게 영향을 줬던 모든 사람과 사건은, 결국 내 안에 있던 것이 거울처럼 비쳤을 뿐이었다. 그리고 지금도 마찬가지다. 나는 현실이라는 거울, 내 무의식을 비춰주는 바로 이 거울을 보면서 살아가야 한다.

내면이 아니라 바깥에 귀를 기울일수록, 내 안의 소리는 잡아먹히고 들리지 않는다. 내가 뭘 원하는지 알 수 없게 된다. 내가 바꿀 수 있는 것도 내가 온전한 사랑을 줄 수 있는 것도 나 하나다. 내가 나를 진정으로 사랑할 때야 비로소 타인과 이 세상을 사랑할 수 있다. 왜냐하면 사람은 누구나 자신이 가진 것만큼만 베풀 수 있으며 그 이상은 베풀 수 없기 때문이다.

자신을 제대로 사랑하자. 물론 해본 적이 없어서 어렵고, 낯설고, 힘들지도 모른다. 하지만 해보면 정말 평온해지고 삶 자체가 달라진다. 나는 자신을 사랑하는 것만큼 가치 있는 삶은 없다고 확신한다. 그리고 딱 그만큼 타인도 사랑할 수 있다. 우린 평생을 자기 자신에게 인정받고 싶어 한다는 걸 몰라서 타인에게 나를 인정해달라고, 나를 사랑해달라고, 나를 안아달라고 요구한다. 그래서 잘 보이려고 하고 인정받으려고 한다. 또한 버림받지 않기 위해 무던히도 애쓴다. 좋은 사람, 멋진 사람이 되려고 하고 성공하고 뒤처지지 않으려고 한다. 바짝 목이 마른 채로 말이다. 이 모든 걸 적실 수 있는 오아시스는 바로 자신의 손에 있다.

자신을 사랑할 수 있는 만큼 타인도 사랑할 수 있기에, 나 자신과의 관계가 건강하면 타인과도 건강한 관계를 맺을 수 있다. 우리가 한평생 가장 먼저 사랑해줘야 할 사람은 언제나 자기 자신임을 잊지 말자. 내가 가장 신경 써서 친절을 베풀어야 하는 상대는 다름 아닌 나 자신이다. 결국에는 모든 사람이 자기 자신에게 도달하기 위해 삶이라는 길을 걷고 또 걷는다. 당신의 복도 끝에 당신을 기다리고 있고 언제나 당신 곁에 있었던 그 거울을 당신도 발견하길 바란다.

애정이 부족해서가 아니라 너무 지나쳐서

　자신에 대한 애정이 부족해서 낮아진 자존감이 고민이라는 분들과 대화를 하면 때로는 자기 자신을 지나치게 사랑하기 때문에 문제가 생기는 경우가 많다. 원래 자기 사랑은 자신을 있는 그대로 받아들이는 것인데, 그 이상으로 지나친 애정을 보인다. 과유불급이란 말이 있지 않은가? 자신을 너무 높게 보는 것도 너무 낮게 보는 것도, 지나치게 좋게 보는 것도 지나치게 나쁘게 보는 것도 결국 나를 있는 그대로 보지 않는 것이다.

　당신도 자신을 사랑할 것이다. 일단 자신에게 애정이 없는 사람은 이 책을 펼치지 않았을 것이다. 애정이 없는 사람은 자신을 위해 무언가를 배우지 않으며 돈을 쓰지 않고 시간과 에너지를 쓰지 않는다. 자신을 사랑하지 않는 사람은 아침, 점심, 저녁을 뭘 챙겨 먹든 신경 쓰지 않으며 남들이 욕하든 말든 상관하지 않는다. 자신을 사랑하지도 않는데 남들이 욕하든 말든 무슨 상관인가? 자신을 사랑하지 않는 사람은 실수와 실패도 당연히 여긴다. 애초에 성공할 거라는 기대가 없기 때문이다. 자기 자신을 사랑하지 않는 사람은 관심이 없어서 어떻게 살다 죽든 큰 관심이 없고, 말 그대로 인생이 어떻게 굴러가든 신경 쓰지 않는다.

하지만 보통은 자기 자신을 지나치게 사랑한 나머지 자신을 아주 대단하고 소중한 존재로 여겨서 과잉보호한다. 너무나 소중한 나머지, 다른 사람이 비난하고 판단하는 것을 보지 못한다. 다른 사람이 자신을 미워하지 않고 사랑하길 바란다. 머리로는 모두에게 사랑받을 수 없음을 알지만 끊임없이 인정받고 싶어 한다. 자신에 대한 기대가 너무나도 커서 있는 그대로의 자신을 받아들이지 못하며, 자신이나 주변의 기대에 미치지 못할까 봐 겁내고 그 기대에 맞추기 위해 안간힘을 쓴다. 왜냐하면 있는 그대로의 자신의 모습이 아니라 자신을 지나치게 높게 평가하고 있기 때문이다. 그들은 자신의 모습이 어떤지 똑바로 보지 못해서 괴로워한다. 대단하지도 초라하지도 않은 그냥 자기 자신이면 되는데, 너무 지나치게 소중하고 대단하게 자신을 보는 나머지 조금이라도 자신의 기준에 못 미치거나 초라하다고 판단되면 괴로움을 느낀다.

남들에게는 관대한데 자기 자신에게는 엄격하다며 자신을 좀 더 사랑하고 싶다고 말하는 사람들에게, 나는 어쩌면 자신에 대한 애정이 넘치는 것일지도 모른다고 이야기해준다.

본인이 남을 더 사랑해서 남에게 다정하고 관대하며, 자신을 사랑하지 않아서 자신에게는 유독 엄격할까? 그렇지 않다. 사실 남에게는 큰 기대가 없으므로 자신에게만큼 기준이 높지 않다. 남에게는 '그럴 수 있다.' 하지만 자기 자신은 너무나 잘난 나머지 감히 자신의 기대를 꺾으면 안 돼서 스스로 실망하고 채찍질한다. 남보다 자신을 높게 보니까 그런 것이다. 자신에 대한 기준이 높고 엄격한 것은, 자신을 지나치게 사랑해서 너무 잘났다고 보는 것이다.

'나는 왜 나를 사랑하지 않지'가 아니라 '나는 왜 이렇게 나를 높게 보고 있지'라고 질문하면서 조금 내려오면 편할 수 있다. 이 내용을 지금 다루는 이유는, 마음이 다치고, 닫히고, 힘든 상태에서는 눈에 들어오지 않기 때문이다. 자신의 마음을 다독이고, 무조건 자신의 편을 들고, 있는 그대로의 자신을 받아들이게 되고, 또 세상과 자신을 바라보는 눈을 바꾸게 되면 지나친 애정과 기대로 인해 자신을 과대평가하고 과잉보호하느라 괴로웠음을 알게 된다. 오히려 애정이 너무 지나친 나머지 자신을 있는 그대로 받아들일 수 없게 되고 결국 자기 사랑과는 멀어진다.

내게 유독 엄격하고 기대가 컸던 부모님의 태도와 스스로 엄격했던 자신의 태도에서 우리는 교훈을 발견할 수 있다. 그런 태도는 밉고 싫어서가 아니라 사랑의 방식이 서툴고 잘못되었을 뿐이며, 이렇게 하는 것이 사랑하는 사람을 위해서라는 착각에서 온 것이다. 하지만 모든 가정에 해당되지는 않는다. 부모님의 사랑 방식과 표현이 서툴러서 그랬다는 것은 받아들일 수 있는 정도의 가정을 말하는 것이지, 극심한 폭력, 정신적 학대가 있었던 가정에는 해당하지 않는다.

'나는, 내 자식은, 내 부모는 이래야 해' 같은 규정에서 스스로 자유로워지길 바란다. 내 발목에 묶인 관념과 규정의 쇠고랑은 나만 끊을 수 있다.

자존감이 높아서 이기적이라는 말

　종종 수강생들과 대화를 하다 보면 지인이 자존감이 굉장히 높고 자기 자신밖에 몰라서 남들에게 상처 주는 말을 아무렇지 않게 한다는 말을 종종 듣는다. 자기 자신이 가장 소중하고 너무 이기적이라고. 하지만 그것은 오해다. 그건 자존감이 높은 것도, 자기 사랑을 제대로 실천하고 있는 것도 아니다.

　자기 사랑이란 있는 그대로의 자신을 받아들이는 것이다. 어떤 모습의 자신도 받아들이고, 어떤 감정을 느끼든 자신의 상태를 인정하는 것이다. 자기 자신을 제대로 사랑하는 사람은 자신을 제대로 존중할 수 있다. 존중받아 마땅한 무언가를 해서가 아니라 단지 자신의 존재만으로 그럴 수 있다. 그러다 보니 자신을 배려하고 사랑하고 받아들이는 만큼 타인에게도 마찬가지로 행동할 수 있다. 그들은 타인을 함부로 평가하지 않으며 타인에게 엄격한 잣대를 들이밀지 않는다. 그것은 자신에게 내밀던 잣대와 기준을 내려놓았기 때문이다. 그래서 타인을 있는 그대로 받아들인다. 이 사람은 어떻다고 자기 마음대로 환상을 펼치다가 실망하지 않는다. 그리고 무엇보다 남에게 자존감이 낮다고 말하지 않으며 함부로 조언하지도 않는다.

누구나 자신의 때가 있음을 알고 있고, 그 사람의 삶 그 자체를 존중할 수 있는 내면의 힘이 있기에, 그들은 섣불리 누군가를 평가하고 바꾸려 들지 않는다. 자신의 삶, 자신의 방법, 자신의 답은 자신에게만 적용할 수 있음을 잘 안다. 그들은 남을 가르치지 않고 필요하다면 나눌 줄 안다. 남을 무시하지도 않고, 열등감이 없으니 우월감도 없고 자존감이 높아서 쓸데없는 자존심은 없다. 앞서 말한 수강생의 지인의 경우, 자존심이 강하고 방어 기제가 높은 것이지 자기 사랑을 하고 있는 것이 아니다.

또한 내가 자존감이 높아지고, 나 자신을 있는 그대로 사랑하게 되면 이기적인 사람이 되지 않을까 염려하는 목소리가 있다. 이 역시 자기 사랑에 대한 오해에서 비롯된 걱정이다. 자신을 있는 그대로 허용하고 사랑할수록 타인에게도 그런 사랑이 가능하다. 나 자신에게 친절하고 따뜻한 사람이 타인에게도 친절하고 따뜻할 수 있다. 자신의 감정을 돌볼 수 있는 만큼, 타인의 감정도 헤아릴 수 있다. 자신을 있는 그대로 받아들일 수 있는 만큼, 타인의 존재도 있는 그대로 받아들일 수 있다. 자신을 향한 사랑이 가득 채워져 넘쳐흐르는 것만 타인에게 줄 수 있다. 그러므로 타인이 아니라 자신을 먼저 돌보고 사랑해야 한다. 부족하지도, 지나치지도 않게 그냥 있는 그대로 보는 연습을 하자.

파도는 멈추지 않는다

자기 사랑에 대해 자주 받는 질문이 있다. 언제쯤 완전히 자신이 평온해질 수 있는지, 자신을 있는 그대로 받아들이고, 좋은 습관을 만들면 삶에서 좋은 일들만 일어나는 것인지 질문을 받는다. 하지만 질문을 하지 않고 그냥 착각하는 경우도 많다. 나도 처음엔 그랬다. 그래서 도대체 난 왜 아직도 감정 기복이 있는 건지 의아해했다. 좋은 일이 생기면 좋아했지만, 좋지 않은 일이라 판단되면 내가 지금 무얼 잘못하고 있는 건지 점검했다. 삶에서 일어나는 크고 작은 일들마다 중요하게 생각했고 마치 내 삶을 모두 내가 통제할 수 있다는 듯이 고민했다.

우리는 삶이라는 바다 가운데 있고 파도는 멈추지 않는다. 내가 노력을 하면 파도를 멈출 수 있다는 생각은 착각이다. 그래서 평온이 깨지는 모습을 상상하면 불안해진다. 이렇게 노력했는데도 왜 이번엔 거센 파도가 온 거지? 내가 뭘 잘못했지? 하지만 처음부터 파도를 멈추기 위해 나를 사랑하는 게 아니다. 내 현실을 바꾸기 위해 나를 사랑해서는 안 된다. 나의 내면을 들여다보고 날 이해하고 사랑하는 행위를 내 현실을 바꾸기 위한 도구로 이용해서는 안 된다. 진심으로 나 자신을 이해하고 받아들이고 사랑하기 시작하면 자연스럽게 나와 내 삶, 내 눈앞의 현실은 바뀐다.

파도에 삼켜져 허우적대던 삶에서, 파도에 몸을 맡기는 삶으로 바뀐다. 우리는 누워서 출렁이는 파도에 몸을 맡기고 하늘에 떠다니는 구름을 보고 바람을 느끼는 것이다. 어쩌다 큰 파도가 와서 중심을 잃거나, 바다에 빠지면 내 인생은 왜 이러냐며 가라앉는 게 아니라 몸에 힘을 빼고 물에 뜬 다음에 다시 서핑보드에 올라타는 것이다. 서핑보드 위에서 즐기거나 몸을 맡기고 누워서 하늘을 바라보면 된다. 파도를 멈출 수는 없지만 자신만의 방법으로 그 파도를 받아들이자. 언제 또 이 바다에 빠질지, 언제 또 큰 파도가 나타날지 모르지만, 다시 물에 뜨는 방법을 알고, 내게는 서핑보드가 있고, 당신을 위한 수많은 서핑보드가 준비되어 있음을 안다. 이것은 흔들림마저 받아들이는 것이다. '힘 꽉 주고. 흔들리면 안 돼, 무너지면 안 돼. 파도를 멈춰야 해'가 아니라 '힘 풀어도 돼, 흔들리고 무너질 수 있어. 파도는 늘 출렁거려'로 받아들이는 것이다. 언제든지 잔잔한 마음으로 돌아올 수 있고 끊임없이 출렁이는 파도를 받아들이는 것이다. 그러면 마침내 이 바다가 나라는 것을 알게 될 것이다.

그리고 나에게 좋은 에너지라면 당연히 그에 상응하는 사람들과 함께 살 수 있다. 그렇다고 해도 일어날 일은 일어난다. 물론 골치 아픈 일이 생길 수 있고, 몸이 아플 수 있고, 원하던 걸 얻지 못할 수 있지만, 설불리 자신의 삶에 불행이란 딱지를 붙이지 않는다. 상황은 언제나 가치 중립적이라는 사실을 알기에 그 일을 바라보고 대처하는 자신을 돌아볼 수 있다. 또한 자기 뜻대로 모든 걸 통제하려고 애쓰지 않고 어떻게 바라보고 대처할 것인지를 결정할 수 있다.

이것은 눈앞의 상황 속에서 자신과 자신의 무의식이 무엇을 말하고 있는지를 발견하는 것이다. 타인과 상황을 원망하고 탓하지 않고 그 속에서 자신을 발견한다는 것은 삶의 주도권을 잡는 일이므로 실로 엄청난 일이다.

파도는 멈추지 않으며 내가 멈출 수도 없으므로 온전히 나를 내맡기자. 출렁이는 파도를 거부하지도 저항하지도 이기려고 하지도 말고 그냥 힘을 빼자. 편안하게 몸을 맡기고 바다를 머금고 있는 하늘을 바라보자.

당신만의 의미로 가득 채워진 삶에서 조금 더 평온하고 조금 더 행복해지길 진심으로 바란다. 파도에 휩쓸려 고통스러운 당신도, 파도에 몸을 맡긴 당신도, 바다 자체가 자신이라는 걸 알게 된 당신도 모두 똑같이 귀하고 소중하다. 바깥 날씨처럼 마음속 날씨도 늘 변한다. 당신 마음의 날씨가, 당신의 삶이라는 날씨가 지금 어떻든 당신은 똑같이 소중하다. 당신이 어떤 날씨를 겪고 있든 언제나 당신에게 사랑을 보낸다. 비록 우리가 떨어져 책을 통해 다른 시간대에서 만나지만 이 사랑이 전해질 것이라 믿는다.

5장

우리는 살아가는 것일까
죽어가는 것일까?

원하는 것을 얻지 못하게 막는 무의식

사람들은 바라는 것이 있을 때 노력한다. 목표를 세우고 그것에 도달하기 위해 애를 쓴다. 각자의 소망은 다르다. 부자가 되고 싶어 할 수도, 인기가 많아지고 싶어 할 수도, 멋지게 보이고 싶어 할 수도 있다. 그리고 그렇게 자신이 원하는 것을 얻을 수 있는 방법을 안내하는 콘텐츠는 넘칠 만큼 많다. 그런데 왜 누구는 원하는 것을 얻는데 누구는 그렇지 못할까? 이것을 먼저 알아야 원하는 것을 얻을 수 있다.

원하는 것을 얻지 못하게 막는 무의식이 있다. 예를 들면, 내가 A라는 곳에 도착하고 싶다. 그러면 길을 알아야 가니까 그곳에 도착할 수 있는 지도가 있어야 한다. 그리고 교통수단이 필요하다. 걸어가야 한다면 튼튼한 두 다리가 필요하다. A로 그냥 갈 수는 없다. 하지만 A로 가지 못하게 막는 것들이 있다. 날씨가 도와주지 않거나 교통수단이 끊겼거나 걸어가려고 했더니 두 다리가 아프고 길이 울퉁불퉁할 수도 있다. 내가 원하는 것을 얻기 위해 그토록 애를 써도 막는 방해물이 바로 저항하는 무의식이다.

겉으로는 그것을 원하고 얻기 위해 나아가는 것처럼 보여도 무의식은 믿지 못하고 있다. 내가 그 삶을 살 수 있을 거라고 여기지 않기 때문에 나아가지 못하도록 저항하는 것이다. 그러므로 원하는 A를 향해 무작정 가려고 애쓰지 말고 A로 가지 못하게 막는 무의식을 알아차리고 수정해야 한다.

만약 부자가 되고 싶어서 노력하는데 애를 써도 되지 않는다면 무의식에서 가난과 결핍이 재생되고 있는 건 아닌지, 돈을 두려워하고 있는 건 아닌지 살펴보아야 한다. 그리고 돈에 대한 자신의 생각, 감정, 기억이 어떻게 얽혀있는지 알아야 한다. 사람들과 잘 어울리고 싶어서 이 모임 저 모임에 나가면서 어울리는데도 진정한 친구를 사귀지 못하고 있다면, 자신의 무의식 안에 여전히 외로움과 아무도 나를 좋아할 리 없다는 굳은 신념이 들어 있는 건 아닌지 살펴보아야 한다. 그리고 그 생각이 형성된 이유를 찾아서 감정을 해소해야 한다.

자신의 두려움과 진행을 방해하는 핵심 신념을 발견했다면, 그 감정을 그대로 인정해주되 자신의 신념을 바꾸기 시작해야 한다. 앞으로 나아가지 못하게 막고 있었던 무의식이 정화되면 눈앞의 현실이 나를 도와준다는 것을 즉각적으로 느낄 수 있을 것이다. 누군가 A로 가는 표를 주거나, 날씨가 도와주거나, 일정이 앞당겨지거나 내 힘으로는 할 수 없는 흐름을 타게 될 것이다. 이것이 기적일까? 무의식을 바꾸면 현실이 바뀌는 건 기적이 아니라 당연한 일이다. 현실은 무의식의 현현이기에.

아는 것과 하는 것은 다르다

자신이 원하는 게 있고, 어떻게 그것을 얻을 수 있는지 안내하는 목소리가 커져도 내 삶에서 도저히 적용되지 않았다면, 아무리 내가 노력을 해도 현실이 원하는 것에서 더 멀어지는 것을 알아차렸다면, 자신 안에 거대한 무의식이 저항하며 막고 있음을 인정하자.

그 무의식이 왜 생겼는지, 그 신념이 어떻게 자리 잡았는지 찾아보고 두려움을 해소하자. 형성된 패턴을 발견하고 전환해서 자신이 피하고 싶은 삶이 아닌 원하는 삶에 집중할 수 있도록 행동으로 옮기자. 이 책을 다 읽고 그냥 '좋은 책 읽었어' 하면서 덮지 않았으면 좋겠다. 이미 많은 수강생들이 자신의 삶에 접목시켜 하루하루 변화를 경험하고 있으며 오래된 감정을 해소하고 편안해지고 있다. 그들은 자신이 원하는 것을 향해 나아가며 기쁨을 맛보고 있다. 아는 건 많은데 왜 삶이 변하지 않는지 물음표를 던지는 대신 시작하고 행동하라. 행동을 하면 물음표는 전부 감탄의 느낌표로 바뀔 것이다.

Mission

1. 원하는 것을 얻지 못하게 막는 무의식에 무엇이 있는가?
   * 감정, 관련된 기억, 패턴, 핵심 신념을 찾아서 써보자.

2. 어떻게 해소하고 수정할 것인가?

3. 무엇에 집중하며 어떤 행동을 이어나갈 것인가?

이유 없이 칭찬하라

자신과 타인을 이유 없이 칭찬해보자. 조건부 사랑을 주고받고, 조건부 칭찬을 주고받는 것이 익숙해진 상황을 깨보는 작업이다. 칭찬받을만한 무언가를 하지 않아도, 그냥 이유 없이 칭찬하자. 그냥 존재해줘서 고맙다는 표현도 좋다. 마음에서 우러나와야 한다. 하루에 한 줄이어도 괜찮다. 자신과 자신이 사랑하는 사람에게 조건을 붙이지 말고 칭찬하며 마무리하자. 이를 반복해서 습관이 되면 그 습관은 삶이 될 것이다. 이것이 조건이나 이유 없이 나 자신과 타인을 칭찬할 수 있는 인생이다.

1. 별거 아닌 이유로 혹은 이유 없이 자신을 칭찬하라.

2. 별 거 아닌 이유로 혹은 이유 없이 당신이 사랑하는 사람들을 칭찬하라.
   작성만 하지 말고 실제로 전달하자.

두려움 속에 사랑이 있다

　자신을 이해하고 사랑하는 과정을 거치다 보면, 지금까지 끼고 있었던 수많은 렌즈들이 벗겨지기 시작한다. 가장 두려운 어둠을 직면하고 나면 그 자리에 사랑의 빛이 있음을 알게 된다. 이것은 누군가 알려준다거나 머리로 이해되는 것이 아니라, 자신을 진정으로 이해하고 그 자리를 사랑으로 채울 때, 오랫동안 보지 않았던 자신의 감정을 헤아리기 시작할 때, 자신과 세상에 대한 사랑을 허용할 때 비로소 마음으로 받아들일 수 있는 것이다.

　그동안 부족하다고 여겨왔던 모든 것이 실로 풍요로워졌음을 알게 될 것이다. 자존감이 낮고 표정이 밝지 않아서 사람들이 좋아하지 않을 거라 여기며 속상했던 나날들에, 사람들과 마음껏 사랑을 주고받고 싶었던 마음이 새겨져 있음을 볼 수 있을 것이다. 모든 게 낯설고 어려운 한 남자와 한 여자가 자신의 부족함을 채우려고 부지런히 노력하며 '부모' 역할을 해내고 있었음을 알게 될 것이다. 자신에 대해 아는 게 하나도 없음을 알게 된 절망적인 어느 날, 자신을 들여다보고 자신과 친해질 시기가 왔다는 것을 알게 될 것이다. 비참하고 아팠던 날에는 사랑이 없었으면 비참함도 아픔도 느끼지 않았으리란 사실을 알게 될 것이다. 두려움과 고통이라고만 여겨졌던 모든 것에서, 사실은 나의 생존과 사랑을 지키고 싶었던 마음이 있었음을 발견할 것이다.

사랑 없이는 미움도 없다. 두려움 속에 사랑이 있다. 투박하고 거친 모든 것에서 사랑을 어떻게 전달해야 할지 모르는 서툰 몸짓을 발견하게 될 것이다. 이해할 수 없고, 받아들이기 힘들었던 모든 찰나가 사랑에 닿는 순간을 위해 필요했던 발자국이었음을 알게 될 것이다. 이 모든 걸 알게 된 날 사랑이 어디에나 있음을 느낄 것이다. 그리고 자신이 사랑 그 자체라는 것을 받아들이게 될 것이다. 자신이 사랑임을 발견하는 것은 각자 경험으로만 느낄 수 있다.

우리는 자신에게 맞는 신발을 신어야 편하고 자신과 맞는 사람들과 어울려야 마음이 편하다. 자신과 맞지 않는 것을 경험할 때 불편함을 느낀다. 이것이 바로 우리 모두가 사랑이라는 증거다. 우리가 사랑 그 자체이기 때문에 사랑과 멀어지는 것들을 경험하면 불편하고 아프며, 사랑과 가까운 것들을 경험하면 마음이 편해지는 것이다. 우리가 사랑 그 자체가 아니라면 어떻게 이런 현상을 설명할 수 있을까? 우리는 경험해본 적 없는 사랑을 찾아 헤매는 방황이 아니라, 원래 나 자신이 사랑이었음을 알게 되는 삶이라

는 여행을 할 뿐이다. 그 도착지는 바로 사랑 그 자체인 당신 자신
이다.

초점을 맞추자

원하는 것을 바로 말하지는 못해도 대부분 싫거나 피하고 싶은 것은 잘 말한다. 사람은 부정적으로 생각하고 판단해야 생존에 유리하게 발달하였기 때문이다. 하지만 뇌는 단어 자체를 인지하기보다 그 단어가 갖는 에너지를 인지한다. 그것은 떠오르는 감정과 이미지이다. 내가 피하고 싶고 싫은 것에 초점을 맞추는 삶과 원하고 있고 좋아하는 것에 초점을 맞춘 삶은 다르다. 우리는 자신이 초점을 맞춘 것에 집중하며 살아가기 때문이다. 따라서 자신이 평소에 하는 생각과 말을 돌아봤을 때, 싫어하고 피하는 것에 집중하는지, 원하고 좋아하는 것에 집중하는지 살펴보면 좋다. 그 차이를 확인해보자.

내가 피하고 싶은 것

- 가난이 싫고 피하고 싶다. 가난에서 벗어난 삶.

- 버림받기 싫고 소외되기 싫다. 외로움에서 벗어난 삶.

- 게으르게 살고 싶지 않다. 시간을 낭비하지 않는 삶.

- 거짓말을 하고 싶지 않다. 거짓 없는 삶.

- 사람들과 싸우고 싶지 않다. 다툼이 없는 삶.

- 결핍에 허덕이며 살고 싶지 않다. 결핍이 없는 삶.

- 사람들이 나를 싫어하는 게 싫다. 날 싫어하는 사람이 없는 삶.

내가 원하는 것

- 부유한 게 좋고 부를 원한다. 경제적으로 자유롭고 넉넉한 삶.

- 사람들과 잘 어울리고 싶다. 사랑을 주고받으며 사는 삶.

- 부지런하게 살고 싶다. 시간을 알차게 쓰는 삶.

- 진실되게 살고 싶다. 진실된 삶.

- 사람들과 잘 지내고 싶다. 소통이 잘 되는 삶.

- 풍요를 누리며 살고 싶다. 풍요로운 삶.

- 사람들이 나를 사랑해 주는 게 좋다. 날 사랑하는 사람이 많은 삶.

소리 내서 읽으면 같은 의미의 말일지라도 어디에 초점을 맞추냐에 따라 에너지가 다르다는 것을 금방 눈치챌 것이다. 자신이 무엇을 피하려고 하는지 알아차리고, 그것에 집중하는 대신 어떤 방향으로 나아가고 싶은지에 집중하자.

우리 모두는 시한부 인생

이 세상에 죽음만큼 확실한 것은 없다. 그런데 사람들은 겨
우살이 준비하면서도 죽음은 준비하지 않는다.

−톨스토이

죽음에 대한 혐오감은 우리들이 인생을 헛되이 보냈다고 생
각하는 마음과 비례하는 것이다.

−윌리엄 해즐릿

삶은 불확실한 것들로 가득하다. 우리는 매 순간 이러한 불확실
성을 견디며 살아간다. 삶에서 가장 확실한 것은 아이러니하게도
죽음이다. 우리가 모두 죽는다는 사실 하나는 확실하다. 우리는
죽음이 언젠가 꼭 찾아올 것을 알고도 마치 이 삶이 영원할 것처
럼 죽음을 외면하면서 산다. 그러나 삶은 끝나게 되어있다. 그 끝

을 향한 각자의 지점에서 우리는 삶을 어떻게 바라보고 있을까?

유서를 써본 적이 있는가? 죽음에 대해서 얼마나 생각을 하며 사는가? 나는 주기적으로 유서를 쓴다. 죽음을 생각하는 시간은, 삶을 선명하게 바라볼 수 있는 선물 같은 시간이다. 유서를 쓰는 모임, 장례식 초대장을 쓰는 모임을 연 적이 있다. 다 같이 죽음에 대해 대화를 하고 서로 쓴 유서와 장례식 초대장을 읽어나갔다. 죽음 앞에서 무슨 말을 남기고 싶은지, 장례식은 어땠으면 좋겠는지 생각해보는 시간을 통해 자신이 반드시 죽게 된다는 사실을 새기고, 주어진 삶에 대해 다시 한번 생각하는 시간이다.

화장로 기사로 일하는 친한 언니가 열었던 죽음 수업에 참여했을 때, 각자의 사연 속 죽음 이야기를 하고, 죽음을 준비하는 것에 대해 질문했던 사람들의 눈빛을 나는 잊을 수 없다. 죽게 되면 남은 사람들이 어떻게 사는지, 매일 죽음을 곁에서 지켜본 그 언니가 해주는 말은 '죽음'이란 존재를 더 현실감 있게 느끼게 했다.

내가 미워하는 것, 집착하고 있는 것, 애쓰는 것이 죽음 앞에서 얼마나 부질없는지. 그리고 내가 중요하다고 생각하지 않은 것들이 삶에서 얼마나 중요한지 알 수 있었다. 미움과 분노, 집착은 녹아 사라지고, 덧없는 욕심이 부서진 자리에는 사랑만이 남는다. 매일 사랑을 기억하고 죽음을 의식하며 살 수는 없지만, 이를 잊지 않고 산다면 중요한 것을 놓치는 일은 드물 것이다.

한번은 사람들의 유서를 모아서 책으로 만든 적이 있다. 여러 사람들이 말하는 죽음을 통해 나는 느꼈다. 죽음 앞에서 하고 싶은 말은 사랑이다. 죽음에 관한 이야기를 나누다 보면 삶에서 무엇이 가장 중요한지 알 수 있게 된다. 나는 삶이 아니라 죽음을 이야기하고, 죽음을 생각하면서 삶이 유한하다는 사실을 의식한다.

우리는 살아가는 것일까 죽어가는 것일까? 죽음을 향해 살아가고 있는 것 아닐까? 노화하는 육체를 보면 죽어가고 있다는 표현이 더 적절하다. 갑작스러운 죽음이든 준비된 죽음이든 상관없이 나는 후회를 많이 남기고 싶지 않다. 죽음에 대해 깊게 사유하는 시간을 가져보자. 지금 내가 중요하다고 생각하는 것이 죽음 앞에서도 같은 무게일까? 죽기 전에 무엇을 후회하고 무엇이 아쉬울까? 어떤 말들을 하고 싶을까?

유서를 처음 썼던 날, 내가 집착하고 있던 것들이 죽음 앞에서는 하나도 생각나지 않았다. 유서를 업데이트할수록 삶에서 무엇이 중요한지, 내가 어디에 초점을 맞추고 살고 있으며 어떻게 살아야 하는지가 보였다. 그래서 난 유서를 써보라고 추천한다.

내 삶이 1년 혹은 6개월 남았다면 어떻게 살고 싶은지 깊이 고민해보자. 이 유한한 삶을 자신에게 어떻게 선물하고 싶은가? 언제 어떻게 끝날지 모르는 것이 우리의 삶이다. 죽음을 의식하며 사는 삶은, 자신의 삶에서 무엇이 중요한지 명료하게 보여준다. 나는 이 책에서 어떻게 하면 자신을 사랑하며 행복하게 살 수 있는지로 시작했지만, 어떻게 하면 죽음을 잘 준비하는 삶일지 사유하는 시간으로 마무리하고 싶다. 잘 산다는 것은 잘 죽는다는 것이다. 우리 모두 마지막 숨을 거둘 때 마음이 편했으면 좋겠다.

1. 죽음에 대해 깊이 생각하는 시간을 가져보고, 앞으로 남은 시간이 1년이라면 무엇을 하고 싶은지, 어떻게 살고 싶은지 써보자.

2. 죽음의 문턱에 있는 자신에게 지난 삶을 돌아보며 해주고 싶은 말을 써보자.

3. 사랑하는 이들에게 남기고 싶은 말을 써보자.

4. 지금 생각나는대로 유서를 써보자.

5. 자신의 장례식이 어땠으면 좋겠는지 상상해보자.

6. 삶에서 무엇이 중요하고, 중요하지 않은지 돌아보자.

7. 죽음을 앞두고 꼭 정리해야 할 게 있다면 무엇인가?

8. 남은 삶은 어떻게 살아갈 것인지 써보자.

9. 마지막으로 자신에게 하고 싶은 말이 있다면?

마치며

　자기 사랑을 실천하는 과정을 살펴보면 많은 분이 부모나 가족에 대한 원망과 미움 때문에 엄청난 고통을 겪는 과정을 거칩니다. 이는 자연스러운 과정입니다. 대부분 가정환경의 영향이 가장 크고, 가까운 주변인으로부터 받은 상처로 무의식이나 성격이 형성되기도 합니다. 우리는 모든 것들로부터 영향을 받지만 아무래도 어린 시절이 가장 큰 영향을 미치기에 가정환경이 큰 뿌리가 됩니다. 잘못된 건 없으니 다 인정해주며 울고 있는 아이를 이제라도 실컷 울게 해줘야 합니다. 자신의 마음을 억누르면 안 됩니다. 마음은 그냥 마음일 뿐이니 잘못된 건 없습니다. 우리는 아픈 아이를 안아주어야 합니다. 만일 외면하면 다시 봐줄 때까지 무슨 수를 써서라도 내 눈앞에 그럴만한 상황이 올 것입니다. 그렇게 자신 안에 있는 작은 아이, 즉 억눌린 무의식에 쌓인 감정들을 인정해주고 같이 느껴주다 보면 자연스럽게 자기 자신을 사랑하기 시작합니다.

자기 자신이 사랑 그 자체임을 인정합시다. 그러면 내 주변에 있는 사람들에게도 자연스럽게 사랑이 가능해집니다. 나중에는 부모에게서도 사랑받고 싶은 어린아이를 발견하게 됩니다. 부모도 여전히 사랑받고 싶은 어린아이의 마음을 갖고 있으면서도, 부모가 되어 자식을 키우기 위해 열심히 노력했던 과정이 보입니다. 그들이 온 힘을 다했다는 생각이 듭니다. 그들의 신발을 나는 신어본 적 없고, 신어본 적 없는 그들의 신발에 대해서 내가 논할 수 없음을 인정합니다. 어느샌가 원망도 미움도 사라집니다. 내게 없고 부족한 것보다 내가 누리고 있는 풍요를 느끼게 됩니다. 사랑과 감사가 남습니다. 이것은 억지로 오지 않으며 머리로 이해할 영역도 아닙니다. 부지런히 자기 자신을 있는 그대로 수용하고 받아들이는 연습을 하면서 자연스럽게 마음에 다가와 자신의 삶이 변하면 온전히 이해할 수 있게 됩니다. 분노, 미움, 상처, 억울함, 수치심 등 직면하고 싶지 않았던 온갖 감정들을 다시 만나게 될 것이고, 그것을 다 받아들인 다음에는 모든 것이 제자리를 찾을 것입니다.

그 이후에는 가볍게 살기로 합시다. 삶을 너무 심각하게 힘들이며 살 필요는 없습니다. 다만 자기 사랑을 실천하기 위해서 덮어뒀던 감정들을 풀어줄 때는 지치고 힘들 수 있습니다. 그때는 온 힘을 다하고, 그 시기가 지나고 마음이 편해지고 평온이 찾아오면 오히려 이런 과정이 싱거울 수 있습니다. 어둡고 험난한 가시밭길을 울며불며 걸어야만 인생이 행복과 성공이란 종착지에 도착할 줄 알았는데, 전혀 그렇지 않았음을 알게 될 것입니다. 에이! 이렇게 편한 신발 신고, 이렇게 좀 걷다가 편하게 쉬었다 해도 된다니 약간의 허탈함이 몰려올 수도 있습니다.

하고 싶은 걸 못 할까 봐 초라함을 느끼고, 제때 돈을 받지 못할까 봐 불안해하고, 실패할까 봐 두려워하며 전전긍긍하고, 나를 있는 그대로 드러내면 사람들이 실망할까 봐 무서워합니다. 이렇게 해야 나를 떠나지 않고, 이렇게 해야 내가 인정받으며 사랑받고, 이 정도는 해야 사람들이 날 무시하지 않으니 이 고통에서 빠져나오려고 애씁니다. 돈, 인간관계, 가족관계, 사랑, 자존심 등 각자가 만들어놓은 이런 감옥이 시시하게 허물어지는 것을 볼 것입니다. 이제 쉽고 편하게 행복과 사랑과 평화를 누리고 자신이 진정으로 원하는 삶을 찾기 쉬워질 것입니다. 왜냐하면 자신을 사랑으로 채우며 삶을 너무 심각하게 바라보지 않는 순간부터 그에 걸맞은 삶이 펼쳐질 테니까요.

이것은 마법이나 뜬구름 잡기가 아닙니다. 내 무의식을 비춰주는 거울 역할을 하는 현실 속에서 나의 내면을 살피고 이해하고 사랑하면, 내 눈앞의 현실도 변하기 때문입니다. 자신에게 맞는 때에 가장 좋은 방법으로 편안해지시길 바랍니다. 당신만 허락하면 당신의 삶은 풍요와 사랑으로 가득 찰 것입니다. 자신을 위해 사십시오. 그것이 모두를 위해 사는 것입니다. 마음껏 자신의 삶을 누리고 행복하십시오. 바로 그것이 모두의 행복을 위한 것입니다. 당신의 모든 순간에 사랑을 보냅니다. 이 책을 통해 지금까지 저와 함께해주신 여러분께 감사의 말씀을 드립니다. 언제나 여러분의 편안함을 바라며.

이나라 드림

부록: 코칭 사례

〔A의 사례〕

　잠도 안 자고 몸을 꼬집어가며 공부하고 일하는 것에 대해서 자랑스럽게 여기던 시절이 있었다. 주변 사람들은 쉬어가며 하라고 왜 그렇게 독하게 하냐고 했지만, 나에게는 그 말 역시 칭찬으로 들렸다. 당장 하고 싶은 게 있어도, 쉬고 싶어도, 피곤해도, 독하게 열심히 해야 나중에 행복할 수 있다는 생각으로 그동안 살아왔다. 그렇게 행복을 미루는 습관은 성인이 되어서도 변하지 않았다. 따라서 항상 지치고 피곤했다. 무엇이 날 이렇게 피곤하게 만들었을까? 나중으로 미룬 행복은 절대 지금은 느낄 수 없었고 나는 완전히 지쳐가고 있었다. 늘 억누르던 참을 수 없는 감정이 올라왔고 좋은 게 좋은 거라며 또 한 번 억누르는 일도 버거워졌다. 하루하루 우울했고 왜 살아야 하는지 모르겠다는 마음에 답답했다. 그러다 우연히 듣게 된 이 수업에서 나는 자신에게 얼마나 많은 규정과 관념을 내세우고 있었는지를 배웠다. 부정적인 감정은 피하고 억누를 게 아니라 느끼고 인정해줘야 한다는 사실도 알았다.

1. 나를 짓누르던 관념을 알아차리고 그로부터 자유로워졌다.
 – 나는 늘 잘해야 하고 책임감이 강해야 한다
☞ 그럴 필요 없다. 사람이 언제나 잘할 수는 없다. 책임감에 짓눌려 살 필요 없다. 하기 싫은 건 하지 않고 하고 싶은 것을 추구해도 괜찮다. 원하는 대로 살아도 된다.
스스로 삶에서 허용하는 것들이 많을수록 삶은 가벼워지고 편해졌다. 마음이 편한 게 이렇게나 좋은 건 줄 처음 알았다.

 – 좋은 게 좋은 거니까 참는 게 좋다. 그게 사회생활을 잘하는 기술이라는 고정관념이 있었고, 결국 직장 내 괴롭힘을 억지로 견디는 나를 발견하게 됐다
☞ 더 이상 참지 않고, 기분이 상하면 표현하기 시작했다. 아닌 건 아니라고 말하면서 스스로를 지키기 시작했다. 나 자신에게 힘들면 참지 말라고 했다. 나를 방치하지 않고 지키기 시작하니 누구도 함부로 대하지 않는다.

2. 내 감정이나 모습을 존중하기 시작했다.
 늘 억울하고 화나고 슬프고 속상한 감정이 올라와도, 그런 내가 나약하다고 여기며 억누르고 참으면서 아닌 척 했다. 하지만 변하

겠다고 결심했고, 감정이 올라올 때마다 인정하는 연습을 했다. 어떤 감정이든 수용하기 시작했다. 습관처럼 외면하고 억누르려다가도 '네가 오죽하면 이러겠니! 울어도 돼' 하면서 내 감정을 인정해줬다. 가슴에 무언가 걸려있던 것이 녹는 것을 경험했다. 내가 잘나야만 인정받고, 그럴 가치가 있어야 사랑받는 줄 알고 애쓰며 살았는데, 그냥 내 감정 하나 알아주고 인정해주는 게 이토록 마음을 녹이고 삶이 바뀔 줄 몰랐다. 왜 해답이 내 안에 있다고 하는지 이제야 알겠다. 그리고 쉬고 싶고, 게을러지고 싶고, 누군가를 싫어하는 나를 그냥 내버려두기 시작했다. 그동안 늘 부지런하고, 다정하고, 친절하고, 사람을 미워하면 안 된다는 강박감이 있었는데 지금은 다 내려놓았다. 이 자유로움이 얼마나 편안한지 두꺼운 갑옷을 벗어 던진 기분이 들었다. 내 감정과 모습을 있는 그대로 받아들이기 시작하면 바깥에서 답을 구하지도 내가 나를 괴롭히지도 않게 된다. 나는 그 어느 때보다 지금의 내 모습이 편안하고 행복하다.

〔B의 사례〕

평소에 말을 무뚝뚝하고 직설적이게 하는 편이다. 따라서 원래의 의도와 상관없이 오해받은 일도 많고, 감정적으로 대처해서 다툼이 생긴 적도 여러 번 있었다. 회사에서 중간 관리자인데, 말투 때문에 오해를 받는 일이 늘어나서 도저히 안 되겠다 싶어서 코칭을 받았다. 코칭을 통해 말투가 좋지 않아서 고쳐야 한다고만 생각했던 편견이 깨졌다. 우선 내 말투를 이해하게 됐다. 무뚝뚝하고 명령조인 부모님 밑에서 자랐고 수직적인 구조의 회사 생활을 하면서 나는 그 어디에서도 다정한 말투를 배운 적이 없었다. 그것은 자연스럽게 영향받은 결과였다. 그런 나를 이해하니 자신을 비난하고 자책하고 싶은 마음이 사라졌다. 내가 잘못됐으니 고쳐야 한다는 강박감이 아니라 나를 이해하는 쪽으로 변화가 시작되었다.

말은 결국 감정을 싣고 전달하는 것이기에 내 감정을 먼저 알아차리고 스스로 인정하는 연습을 했다. 그리고 상대 탓 대신에 대화 목적에 맞게 내가 하고 싶은 말을 전하려고 노력했다.

– 내가 몇 번을 말했는데 아직도 못해? 라고 말을 했었는데, 나의 답답함, 짜증, 빨리 숙지해 줬으면 좋겠다는 마음이었다.
☞ 지금은 내 입장을 전달하는 방법을 쓴다.
열심히 여러 번 알려줬는데 숙지가 안 되면, 내가 잘못 알려준 건가 싶기도 하고, 또 같은 말을 여러 번 해야 하니까 지치고 속상한 마음이 드네. 알려줄 때 집중을 잘 해줬으면 좋겠어라고 말을 했다.

– 집에 있는 시간이 없어서, 밥을 먹지도 않는데 혼자 사는 아들이 걱정되어 엄마가 반찬을 보내실 때면 늘 짜증을 냈다. 집에서 밥 안 먹는다고 말했잖아요. 왜 계속 보내요? 이렇게 보내줘

도 버리기밖에 더 하냐고요! 대화는 늘 이런 식이었다. 어머니에 대해 미안함과 고마움이 있음을 발견하고 인정을 했고, 이렇게 말을 하기 시작했다.

☞ 엄마가 생각해서 보내준 건데 정말 고마워요. 그런데 집에 있는 시간이 별로 없어서 상한 반찬을 보면 마음이 아프고 미안해요. 먹고 싶은 거 있고, 집에 있는 시간이 생기면 제가 말씀드릴 테니 그때 반찬을 보내주세요. 항상 고마워요.

– 결혼을 앞둔 여자친구가 있는데, 여자친구의 어머니가 나를 썩 마음에 들어 하지 않는다는 사실을 알고 있었다. 그래서 뵙게 된 날 긴장을 많이 했다.

☞ 그때 말 수업에서 배운 상대의 마음을 녹이는 대화법을 썼다. 제가 어머니 마음에 쏙 드는 예비 사위는 아닌 거 같아요. 혹시나 따님 고생시키실까 봐 염려하시는 거 잘 알아요. 제가 겉모습과 다르게 부지런하고 마음은 따뜻합니다. 어머님.
이 말을 시작으로, 내가 마음에 들지 않는 걸 잘 알고 있고, 어머니의 불안을 알고 있으며, 나도 사랑받고 싶고 잘할 테니까 예뻐해 달라는 식으로 말을 했다. 내가 이런 말을 할 수 있는 사람인 줄 처음 알았고, 어머니가 방긋 웃으시더니 마음이 풀리신 듯 금방 분위기가 좋아져서 너무 신기했다.

– 나는 평생 이 말투를 쓸 줄 알았다. 그런데, 내 감정을 인정하

고 목적에 맞게 대화를 하고, 남 탓을 하지 않고 내 입장을 전하고 불편한 상황에서는 상대의 마음을 인정하는 말로 시작하니, 대화가 상당히 부드럽게 이어지는 것을 경험했다.

☞ 내가 늘 말하면서 짜증을 냈던 건, 내 마음을 알아주지 못하고, 또 내 감정을 제대로 전달할 줄 모르는 것에 대해 답답함이 있었음을 알게 되었다. 내 마음을 인정해주며, 대화 순서에 맞게 응용해보니 짜증이 정말 많이 줄었고, 가족과 여자친구 그리고 회사에서도 성격이 좋아졌다는 말을 많이 듣고 있고, 스스로도 다정해졌다는 걸 느낀다. 심지어는 말을 예쁘게 한다는 말까지 듣고 있고 1년째 그 상태가 유지되고 있다. 말하고 나서 후회하거나 마음에도 없는 말을 하거나 감정적인 대화가 습관인 사람은 이 방법을 꼭 적용해서 나처럼 건강한 소통을 하며 마음도 편해지는 경험을 했으면 좋겠다.

[C의 사례]

나는 자존감도 낮고 열등감도 심했다. 그리고 사소한 것에 의미를 부여하고 왜곡해서 바라보고 혼자 상처받는 일이 많았다. 누가 됐든 메시지 답을 늦게 하면 나를 싫어하는 건 아닌가 걱정하고, 내가 말을 잘못한 게 있는지 확인하기에 바빴다. 그리고 부탁을 거절당하면, 나 자신이 거절당하는 것처럼 상처받고 내가 부족한 탓이라며 일주일 이상을 힘들어했다. 누군가 나를 인정하고 칭찬해주면 기뻐하며 살아가다가, 인정과 칭찬 관심과 사랑이 멈추면 사막 한가운데 있는 것처럼 깊은 갈증을 느꼈다. 하지만 이건 절대로 타인이 해결해줄 수 없다는 사실을 인정하게 됐다. 도대체 어디서부터 어떻게 손을 봐야 할지 막막했지만 난 시작했다. 내가 나를 이해하기 힘들 수밖에 없는 가정환경이었음을 받아들였다. 그리고 원망이 올라왔지만 그 감정 또한 인정했다. 그 과정이 고통스럽고 힘들었지만 다른 방법이 없어서 했다. 내가 얼마나 많은 감정을 참고 살았는지 발견하고 실컷 해소하고 위로해줬다. 이 방법이 내겐 큰 도움이 됐다.

내 기억, 내 감정은 아무리 가까운 사이여도 나만큼은 모른다. 나는 내가 제일 잘 알고 내 마음은 내가 가장 선명히 기억한다. 그래서 내게 집중해 오랜 시간 인정해주고, 느껴주고, 위로를 해줬다. 내가 듣고 싶었던 말을 스스로 정말 많이 했다. 어떤 날은 버겁고, 또 어떤 날은 추운 날 따뜻한 물에 몸을 녹이는 듯한 기분이 들었다. 그리고 나는 말을 듣지 않으면 집을 나가버리는 엄마와, 점수가 안 좋은 성적표를 보면 '넌 내 자식이 아니다'라는 말을 하며 학대를 일삼는 아빠 밑에서 컸기 때문에 그렇게나 사람들의 거절에 두려워하고, 상대의 눈빛과 행동을 보며 날 싫어한다고 생각해 쉽게 경직된다는 사실을 알게 됐다. 처참하게 무너져 울었다. 그리고 이 경험은 날 이해하는 데 큰 도움이 되었다. 성인이 된 나는 보호자를 찾아 기대고 사랑을 찾아 헤맬 게 아니라 나 자신을 양육해야 한다는 사실을 알았다. 내 오래된 패턴들을 발견하기 시작했다.

나에게는 ~해야 한다, ~하면 안 된다, ~은 좋은 것이다, ~은 나쁜 것이다 등 그동안 나를 숨 막히게 하는 수많은 패턴들이 있었다. 이런 패턴들 속에서 난 그렇게 오랜 시간 힘들어했다. 매우 힘들었지만 그 패턴들을 바꿨고 내게 조금씩 자유를 허락했다. 부모님의 기대, 심지어는 나 자신을 향한 기대에도 부응할 필요가 없음을 알게 됐다. 평생 다른 누군가가 되기 위해 노력했고, 나 자신을 받아들이지 못해 도망치고 연기하는 삶이었다. 내가 도망쳐서 유일하게 쉴 수 있는 곳은 나 자신이었다는 사실을 늦게 알았다. 나는 지금 편하다. 정말 많이 화를 냈고, 욕을 했고, 울었다. 너무 많이 울어서 지쳐 쓰러져 잠든 날도 많다. 하지만 내 마음을 인정하면서 매일 다른 하루하루를 내게 선물했다.

나는 이제 안다. 내가 가장 사랑받고 싶었던 것은 나 자신이라는 것을 내가 나를 인정하고 어떤 모습이든 받아들일 수 있는 선택이 이번 생에서 했던 선택 중 최고였다. 항상 숨이 막혔고, 삶이 지루하도록 길다고 느꼈지만 이젠 아니다. 나는 사는 게, 나아가는 게 좋다. 나는 오직 내가 세운 행복의 기준에 맞춰서 살고 있다. 믿지 못했던 변화를 직접 겪으니 감사한 마음이다.

[D의 사례]

항상 돈이 없다는 말을 듣고 자랐다. 나는 그냥 태어났을 뿐인데, 나를 키우려니 돈이 너무 많이 나가서 힘들다는 부모님의 말씀은 내 존재를 스스로 부정하게 만들었다. 그때는 누가 낳아 달

랬느냐고 말도 꺼내지 못했고 그런 생각도 하지 못했다. 부모님을 너무 사랑했기 때문에, 내가 태어난 바람에 부모님이 이렇게나 고생을 한다고 생각했기 때문이다. 그래서 나는 단 한 번도 부모님 말을 어긴 적이 없다. 뭐든 시키는 대로 했다. 그게 내가 할 수 있는 최선이라고 여겼다. 그리고 부모님이 원하는 직장에 다녔는데, 사회 초년생인 나와 직장 생활을 5년 넘게 한 부모님의 친구 자식과 나를 비교했다. 누구는 무슨 차를 타고, 부모님에게 뭐를 해줬고, 한 달에 용돈을 얼마 주었다고 하면서. 나는 부모님 말을 따라 살았는데도 이렇게 비교를 당하니 정말 초라했다. 그런데 그럴 수 있다고 생각했기에, 무리한 요구도 들어주기 시작했다. 단 한 푼도 내가 쓴 적 없는 내 앞으로 된 빚이 생기기 시작했다. 돈이 필요하니 대출해 달라는 요구에 응하기 위해 고민도 없이 대출을 받은 게 눈덩이 같은 빚으로 이어졌다.

사람들은 내가 예민하다고 말한다. 내가 돈에 너무 집착한다고. 피도 눈물도 없어 보인다고. 영혼이 없어 보인다고. 정이 가지 않는다고. 나는 그 누구에게도 제대로 된 사랑을 받아본 적이 없다. 다들 내 잘못이라고 했다. 내가 예민해서, 어두워서, 부정적이라서 가까이하기 싫다고 한다. 왕따를 당했지만, 내게 문제가 있어서 당했을 거라는 부모님 말, 선생님 말이 내가 나를 싫어하게 된 시작이었다. 행복은 내게 사치였다. 언제 죽어도 이상할 게 없는 인생이었다. 누가 내 죽음을 슬퍼하기라도 할까? 위로, 힐링이 넘쳐나는 에세이들을 누군가는 지겹다며 떠들어댔지만 참 배부른 소리 같아서 부러웠다. 어디 한 곳 위로받을 곳 없는 내게는 그 책들이 고마운 친구였다.

나라 코치님을 처음 만난 날, 그녀는 내 이야기를 듣더니 내 잘못이 없다고 했다. 그리고 많이 울라고 했다. 내 눈을 보고 울어도 된다고 말해준 사람은 처음이었다. 어떤 감정이든 괜찮다는 것도 처음 알았다. 조금만 인상 써도 맞았던 나다. 그런데 울어도 되고 화내도 된다니. 나는 항상 나를 비난하기 바빴다. 욕먹어도 싸다, 사람들이 날 싫어하는 데에는 다 그만한 이유가 있다, 사랑받을 가치가 없다, 멍청하다 하면서… 더는 하고 싶지 않아졌다. 나까지 나를 학대하고 싶지 않아졌다. 내가 잘못된 게 아니라 이유가 있었다고 생각하니까 왠지 나를 챙기고 싶어졌다. 그렇게 내 모든 행동과 생각을 이해하기 시작했다. 내 마음에 있는 것을 끄집어내기 시작했다. 나만의 기준, 내가 좋아하는 것들을 찾아 나가기 시작했다. 부모님의 좋은 자식이기를 포기했다. 나는 나에게 좋은 사람이 되기 위해 집중했다. 인생은 참 알 수 없다. 내가 그렇게 사랑받고 싶어서 나 자신을 죽여가며 남들에게 맞출 때는 숨 막히게 괴로웠다. 내가 나를 사랑하고, 나를 지키고, 나에게 집중하기 시작하자 이 세상에 나 자신보다 중요한 건 없다는 사실을 깨닫게 되었다. 그리고 어느 순간부터 조금씩 바뀌기 시작하더니 나를 대하는 부모님의 태도도 달라졌다. 비난만 일삼던 사람들이 내게 사과까지 했다. 참고로 난 사과를 요구한 적도 없다. 코칭 때 알려준 모든 방법을 열심히 숙지하고 바로 행동으로 옮겼다. 수능을 볼 때보다 더 열심히 했다. 지금 내 인생은, 아무 표정 없이 속으로 우는 날을 지나 마음도 얼굴도 웃는 날이 더 많아졌다. 어떤 마음을 선물하고, 책을 썼을지는 그녀가 알려준 것들을 직접 실천하면서 삶이 변하면 고스란히 느껴진다. 언제나 각자 자신 안에 답이 있다고 말하는 그녀는 가장 외로웠던 날 자신에게 간절히 필요한 누군가가 된 것이다. 지난날의 그녀처럼, 지난날의 나처럼 지치고 힘든 사람들이 도움을 받아 행복해졌으면 좋겠다. 내 사례가 희망이나 도움이 되었으면 좋겠다.

〔E의 사례〕

사는 게 참 재미없고 부질없다는 생각을 꽤 오랫동안 했었다. 죽음 모임이 내 인생을 한 번에 바꾼 건 아니지만, 내 인생이 변하는 작은 시작이 되었다. 죽음? 그냥 모두 죽는 거 아닌가? 이렇게만 생각했지 진지하게 죽음에 대해 생각해 본 적이 없었다. 참여한 사람들의 진지함에서 죽음을 실감할 수 있었다.

난 아직 죽지 않았기 때문에, 일상 속에서의 나는 여전히 죽음이 와닿지 않는다. 하지만 죽음에 대해서 생각하고, 남은 사람들에게 편지를 쓰고, 유서를 쓰는 시간을 가지면서 죽음이 와 닿지 않을 수가 없다. 그래서 나는 종종 죽음에 대해 생각하고 글을 쓰게 됐다. 죽음을 앞뒀다고 생각하면 많은 것들이 우스워진다. 이게 뭐라고 그렇게 애썼지? 별거 아닌데 왜 이렇게까지 눈치를 봤지? 내 인생인데 왜 마음 편하게 살지 못했지? 왜 남들을 먼저 생각했지? 진짜 딱 한 번뿐인 인생인데 왜 타인의 마음에 들려고 그렇게 노력하면서 내 마음에 들려고는 노력해본 적이 없는 거지?

내 장례식을 상상하며 글을 쓰는데, 영정 사진에서 환하게 웃고 있을 나를 생각하니 가슴이 미어졌다. 이렇게 허무하게 끝날 건데, 왜 그렇게 고단하게 살았고 나 답게 살지 못했을까? 누굴 탓할 수 있을까?

나는 하고 싶은 것도 궁금한 것도 없었다. 그냥 주어지는 대로 살아갔다. 행복한 적도 별로 없었던 것 같다. 그런데 남은 가족에게 편지를 쓰며, 내가 가족을 얼마나 사랑하는지 깨달았다. 행복은 멀리서 찾을 필요가 없었다. 그리고 꼭 거창하지 않더라도, 하고 싶은 건 미루지 않고 해나가는 습관이 생겼다. 나는 원래 참다가 터져서 막말을 하는 편인데, 내 말이 그 사람이 기억할 마지막 말이 될 수도 있다고 생각한 이후로는 말도 조심해서 하기 시작했다. 그리고 조금 더 잘 살기 위해 나 자신에 관해 배우는 공부를 시작했다. 입고 싶은 걸 입기 시작했고 배우고 싶은 걸 배우기 시작했다. 내 인생은 늘 타인이 차지했는데, 나 자신이 차지하기 시작했다. 단 한 번뿐인 내 인생에 최선을 다하고 싶었다. 최선을 다해서 행복하고 마음이 편해지는 나로 살고 싶었다.

그렇게 유한한 내 인생을 하나씩 바라보기 시작하자 많은 것들이 변했다. 죽기 직전에서야 죽음에 대해서 생각하면 이미 늦다. 더 많은 사람이 살아있는 동안에 죽음을 생각하며 살았으면 좋겠다. 한 번쯤은 자신의 장례식을 떠올려 봤으면 좋겠다. 영정 사진

속 웃고 있는 자신을 떠올렸을 때, 후회가 많이 남지 않았으면 좋
겠다. 그런 인생을 지금부터 살았으면 좋겠다.

내가 날 사랑할 수 있을까?

−나 자신을 찾기 위한 자기 사랑 가이드북

발행일 1쇄 2022년 2월 28일
　　　　2쇄 2024년 3월 10일

지은이 이나라
펴낸이 여국동

펴낸곳 도서출판 인간사랑
출판등록 1983. 1. 26. 제일−3호
주소 경기도 고양시 일산동구 백석로 108번길 60−5 2층
물류센타 경기도 고양시 일산동구 문원길 13−34(문봉동)
전화 031)901−8144(대표) | 031)907−2003(영업부)
팩스 031)905−5815
전자우편 igsr@naver.com
페이스북 http://www.facebook.com/igsrpub
블로그 http://blog.naver.com/igsr
인쇄 인성인쇄 **출력** 현대미디어 **종이** 세원지업사

ISBN 978−89−7418−863−4 03810